萧殷全集

第九卷
影存集萃

名誉主编 王蒙
主编 赖金凤 杨坚

花城出版社
中国·广州

图书在版编目（CIP）数据

萧殷全集. 第九卷，影存集萃 / 萧殷著；赖金凤，杨坚主编. -- 广州：花城出版社，2023.8
ISBN 978-7-5360-9078-1

Ⅰ. ①萧… Ⅱ. ①萧… ②赖… ③杨… Ⅲ. ①萧殷（1915-1983）－全集②摄影集－中国－现代 Ⅳ. ①I217.2

中国国家版本馆CIP数据核字(2023)第142506号

出 版 人：张 懿
责任编辑：黎 萍　夏显夫
责任校对：汤 迪
技术编辑：凌春梅
装帧设计：黄龙明　张绮华　陈国梁

书　　名	萧殷全集. 第九卷，影存集萃
	XIAO YIN QUANJI DI JIU JUAN YINGCUN JICUI
出版发行	花城出版社
	（广州市环市东路水荫路11号）
经　　销	全国新华书店
印　　刷	佛山市浩文彩色印刷有限公司
	（广东省佛山市南海区狮山科技工业园A区）
开　　本	787毫米×1092毫米　16开
印　　张	18.5　2插页
字　　数	180,000字
版　　次	2023年8月第1版　2023年8月第1次印刷
定　　价	800.00元（全十卷）

如发现印装质量问题，请直接与印刷厂联系调换。
购书热线：020 - 37604658　37602954
花城出版社网站：http://www.fcph.com.cn

目录

序言
005

007~290

第一章　追求与奋斗——烽火岁月　/　007
第二章　工作与奉献——文坛春秋　/　027
第三章　初衷与坚持——不辍耕耘　/　099
第四章　眷恋与怀念——此生挚友　/　115
第五章　栽培与扶持——辛勤园丁　/　147
第六章　驿站与港湾——家庭留影　/　171
第七章　永恒与热爱——桑梓之光　/　233
第八章　空静与回归——南北影像　/　263

编后语
291

1953年,北京颐和园万寿山上,萧殷远眺昆明湖

故乡的小路

当年,萧殷就是从佗城竹园里的这条小路走出家乡,走向全国(萧殷 摄于1955年)

1949年，萧殷从新闻战线转到文艺战线，他在旧货摊买下一部德国Exakta（爱克山泰）相机

序言

XU YAN

　　萧殷，是作家、文艺理论家，也是教育家、编辑家。今天，当我们通过光影透视他一生的经历，才发现他竟然还是军人，是记者，更是摄影爱好者。

　　年轻时的萧殷，不仅喜欢读书写作、音乐绘画，在当战地记者期间，更是喜欢上摄影。1949年，萧殷从新闻战线转到文艺战线。他在旧货摊买下一部德国Exakta（爱克山泰）相机，相机使用127胶片拍摄4cm×6.5cm底片。光圈值有4.5、6.3、8、11、16、22六档；快门有1、1/25 1/50 1/100；等等。距离是英尺，靠目测。萧殷拍摄的照片洋溢着豪情、友情、亲情、乡情。当他亲手将一张张照片从显影水里捞起的时候，他对光影构图的倾心追求和对摄影艺术的独到见解，一起浮出水面，这是他一生中短暂却惬意的时光。因为文艺界日益增多的运动以及后来的"文革"，心境和身体不允许他实现自己的业余爱好，所以从二十世纪六十年代起，他的摄影作品大幅减少。

　　今天，我们把萧殷保存的珍贵影像与大家分享，这些经历过革命战争和历史风尘洗礼而幸存下来的照片，既是历史发展的印记，更是时代变迁的缩影，也为二十世纪三十年代至八十年代中国文学界的众多风云人物留下了珍贵的影像。

1948年12月，萧殷在石家庄胜利公园

第一章

DI YI ZHANG

追求与奋斗——烽火岁月

本章所选照片，再现了萧殷早年生活的两个阶段。

1931年至1937年，萧殷从家乡龙川到广州，到上海，到武汉，仅仅六年光景，一个热爱文学的少年为了寻求真理，一步步成长为把民族危亡放上心头的热血青年。

1938年至1949年，萧殷从进入延安"鲁艺"学习，到后来调任太行山《新华日报》（华北版）编委、战地记者，再回到延安，先后任延安中央研究院研究员、延安中央党校四部教员、《晋察冀日报》副刊主编、《冀中导报》副刊主编、华北联合大学教员、《石家庄日报》副总编辑……这时期的一幅幅光影记录，生动再现了那段激情燃烧的烽火岁月，再现了一桩桩动人心弦的尘封往事。

这些年代久远、发黄变淡的老照片，历经战争风雨，有些萧殷本人未能保存，是家乡的同学和延安时期的革命战友为他珍藏，并在三四十年后再交还给他。当我们翻看这些老照片时，会唤起那澎湃于心间的久远回忆，每一张都弥足珍贵，百年历史风貌，近在眼前。

1932年孟夏，萧殷在广州中山大学附属小学校园的喷水池边（刘士尫 摄）

1932年（刘士尫误记为1931年），萧殷刚初中毕业，无钱升读高中，首次离开家乡到省城找工作，住在广州惠爱东路（现在中山四路）的一家祠堂。同乡刘士尫恰巧在附近的中山大学读书，是他为萧殷拍下这人生的第一张照片。

当年十六岁的萧殷，在中学时期已经阅读了大量中外文学书籍，包括《中国文学史》《诗评注》《文学概论》《文心雕龙》，还有顾实、鲁迅、茅盾、巴金、丁玲等人的作品。少年萧殷尤喜蒋光慈的《鸭绿江上》《少年漂泊者》和荷马的《奥特赛》。

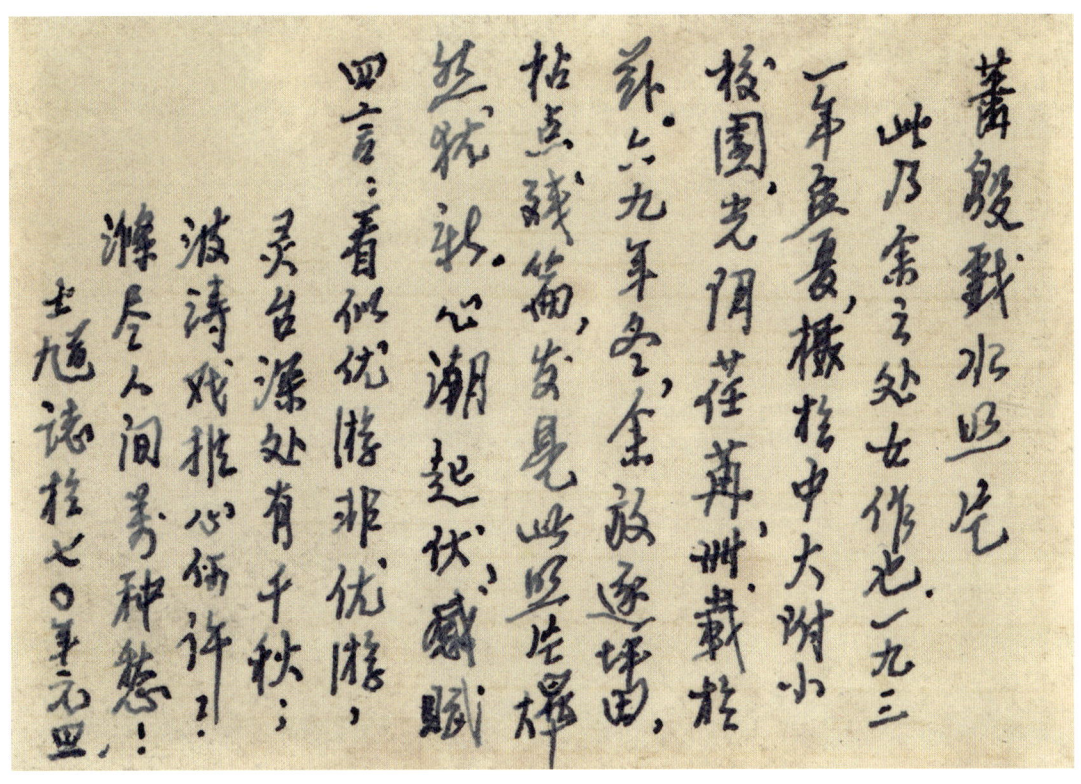

萧殷第一张照片背面的题字（刘士馗 题）

萧殷戏水照片

此乃余之处女作也。一九三一年孟夏，摄于中大附小校园。光阴荏苒，卅载于兹。六九年冬，余放逐坪田，检点残篇，发见此照片焕然犹新，心潮起伏，感赋四言：

看似优游非优游，

灵台深处有千秋；

波涛戏推心何许？

涤尽人间万种愁！

士馗誌于七〇年元旦

直到三十七年后，在"文革"风暴渐渐平息的1969年冬天，下放到粤北南雄县坪田的刘士馗在整理文稿时发现了这张旧照，感慨万千，立即在照片背面题诗志感，却苦于不知萧殷下落。殊不知当时萧殷也同样被下放到粤北连山县上草"五七"干校接受审查。直到几年后，萧殷回到广州，刘士馗也辗转通过广州的同乡打听到萧殷的消息，这张照片才得以交到萧殷手上。

1932年冬,萧殷就读于广州市立美术专科学校国画系

市美校长李金发设计的市美校徽

  1932年秋,萧殷考入广州市立美术专科学校国画系,其间除研习国画,还与友人创办半月刊《一区》,发表杂文及散文。同年,完成短篇小说《乌龟》和《疯子》。

1934年7月,萧殷在广州

照片题字"1934年7月,摄于广州,文生自誌"为萧殷手迹,萧殷原名为郑文生。

1934年9月6日,萧殷渴望得到鲁迅先生的指导,于是给鲁迅先生写信,并随信附上自己写的散文诗《变》,希望得到鲁迅先生的具体指导并渴望推荐发表。这封信的手稿收藏在北京鲁迅博物馆,并且被收录在《鲁迅、许广平所藏书信选》。

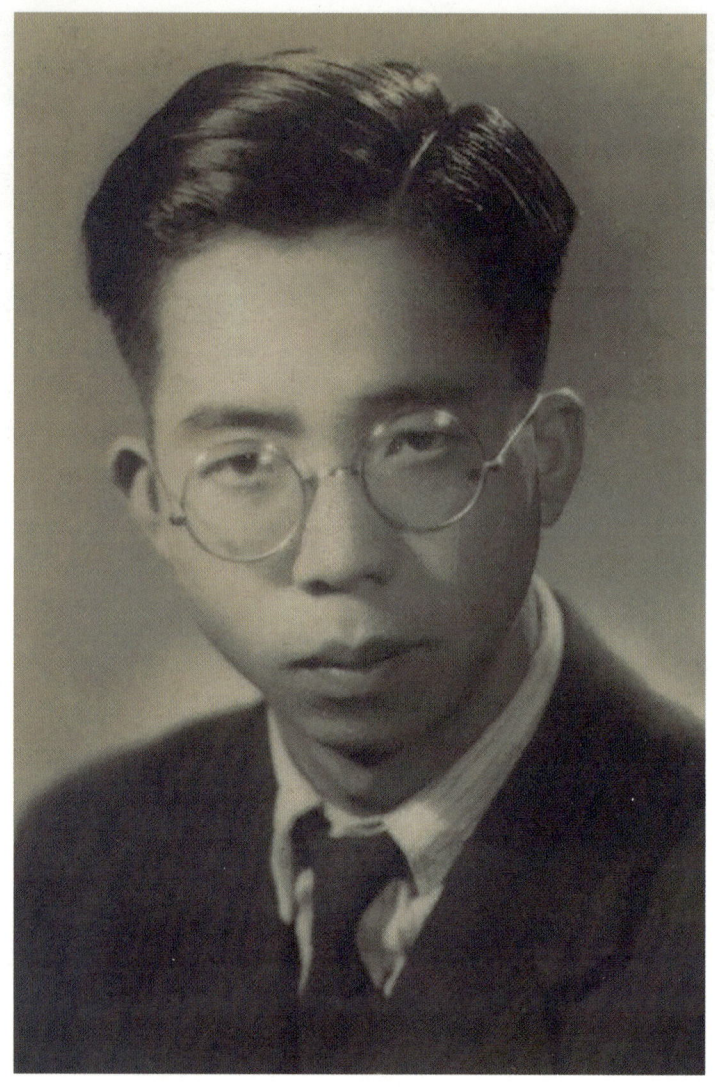

1936年，萧殷在广州

1935年，"一二·九"学生运动激发了萧殷的爱国热情。1936年1月，萧殷决然来到广州，从此投入革命阵营，并一路北上，直到十七年后才回到家乡。这一年，萧殷多次参加革命活动，与进步的文学青年共同发起"广州艺术工作者协会"，以笔为枪进行战斗。10月，再次锲而不舍写信给鲁迅先生，信中简要介绍广州的革命斗争形势，并附上散文《温热的手》。（鲁迅先生收信后，在日记中记载"得萧英信并稿"。遗憾的是不久鲁迅先生病逝，未能回复。）

《小說家》1936年12月15日出版 復第2期

廣州藝術工作者協會成立宣言

事實是鐵一樣存在！無論漢奸怎樣在粉飾，投降，欺騙和屠殺，中國民衆是祇有一條心和一條出路——就是民衆解放戰爭！

在神聖民族戰爭之前，一切不願做奴隸的人們合流了，不分信仰，年齡，職業，性別的界限匯成了一條中國史空前未有的洪流——統一戰綫，這條洪流正在迅速地奔騰地擴大和發展，在東北，察綏，平津，上海，到廣州，正以不可遏抑的力量奔流着，結合着。

無疑的，作爲文化的領域下有力武器的藝術被課予最嚴重的使命的了，給一二·一六所推動了的救亡怒潮；承繼了一·一三血的洗禮；跟着現階段救亡運動更深入的發展，廣州藝術青年立刻以行動答覆一切無恥的漢奸，從濃厚封建底反動底文化界和復古運動氛圍下跑出來，先後我們見到文學生活，文學前哨，文化戰綫，國防文學，一三雜誌，突進，木刻界，藝術導報，無名文學，風，活路，星光，詩歌生活，新文字和一切小型刊物，蓬勃地滋長起來，這證明了民族危機推動了廣州發展上更新的階段，廣州藝術界更有着質的改變，在這突躍的進程中，應該有一個新的估價和新的要求，這要求對文化鬥爭和救亡運動有着統一的步伐！過去一般缺點，就是各藝術的工作人員在聯絡上是：混亂底，脆弱底，分歧底，這種狀態減低了藝術工作上的影響和效能，不能配合着客觀的需要，這是每個藝術青年可能見到的，所以，廣州藝術工作者協會被提出是現實形勢下肯定的和必然的。

广州艺术工作者协会成立宣言1

广州艺术工作者协会成立宣言2

廣州藝術工作者協會成立宣言　　　　　　　155

宋綠瀚	林紹崙	林 擒	林 旋	林秀明	林榮光	金 戈
季冬	周 旋	周 岱	周麗珍	柳 明	施蒡科	胡 灤
秋雲	廖冰凌	速 遠	茜 菲	徐 青	徐 明	徐孟平
韋 舵	梁 茵	梁白餕	驟 逸	梁 達	梁 桂	野 村
泉	剛 流	亞 夏	子 浪	然 陳 輝	陳 烈	陳 更
陳 嘉	陳桂武	陳 浩	陳一武	陳達人	湯 軍	椰 枝
許 多	綠 野	梅 嘉	荷 子	黃一修	黃志超	黃格非
黃奎光	黃 茅	黃篤維	黃輝雄	黃復英	黃 人	黃 琦
曾 任	紀勳	藝 林	達 川	溫 流	張 村	張 斌
張哲民	張天眼	張洪鏡	勒 密	詹國光	碧 青	魯 傑
魯 蔓	撕 寅	厲 殊	賴少其	賴 甯	輝 羣	劉 崙
劉大光	鄭文生	鄭 可	樓 棲	謝 冰	謝家騮	轉 輪
懷 紫	羅 銘	羅哲明	程裁之	鉄 鋒	鐘 美	儼 然
龍 雷	榷 樛	蘆 荻	盧魯蔓	歐瘦閑	吳 誰	哈煥然
黎 照	黎之幹	横泳璃	容漢勖	潘 業	潘 照	鄒廣懽
朱羽屛	唐英偉	唐叔明	吳杰康	莫治肉	戹鐵符	馮國勳
楊 槐	雄 子	貽 非				

广州艺术工作者协会成立宣言3

　　1936年初,在广州"国际问题研究小组"一次会议后,小组成员在当年的广州石牌中山大学(现为华南理工大学)"百步梯"的合影。前排左起,林之原、曾生;二排,赖少其;三排左起,刘仑、赖伯权、萧殷

　　1936年,萧殷在广州多次参加革命活动,思想发生了质的飞跃。他除了以笔名"萧英"撰写散文在《黑暗》《广州市民日报》等刊物上发表,还在香港《珠江日报》副刊《江声》上发表多篇杂文,揭露国民党政府的腐败,抨击蒋介石压制抗日民主运动,因其笔锋犀利,遭国民党特务通缉。1937年1月与赖少其乘船离开广州,逃亡上海。

1939年2月,萧殷身穿八路军军装摄于山西省吉县中市村。照片背面有萧殷的亲笔题字"时与李公朴先生一块工作"(方树民即方仲伯 摄)

1938年11月,萧殷从延安鲁迅艺术学院文学系毕业,被分配到中国青年新闻记者学会延安分会工作,其间奉中央组织部派遣,与方树民(方仲伯)和罗干三人赴晋西协助著名民主人士李公朴先生工作。1939年2月,萧殷在山西省吉县中市村写下著名的报告文学《井圪塔的血》,后连载于中共中央机关报重庆《新华日报》。

1939年4月底,萧殷回到延安,继续在中国青年新闻记者学会延安分会工作。5月14日,萧殷把这张照片送给友人时,在照片下方题款。因当时没有汉语拼音,萧殷以英文书写的名字为"Y.Siao",时间为"May 14th,1939"。

这张是八十四年前破损的老照片,为当年收到照片的老朋友所珍藏。

1939年6月15日，李公朴率领受中共中央派遣的由"抗大""陕公""鲁艺"等各校青年组成的"抗战建国教育团"准备开赴晋西北，前往晋察冀边区。这是卡车启程前摄于延安。延安交际处处长金城为其送行。站立者前排：左二金城，左四李公朴，左五续范亭。站立者二排：左三萧殷，左四李公朴夫人张曼筠（方树民即方仲伯　摄）

李公朴将率领"抗战建国教育团"开赴晋西北的消息为蒋介石所悉，蒋介石即密电河北游击司令鹿钟麟："严予查禁，抓获就地枪决。"教育团幸得八路军保护而幸免于难。这是后话。

续范亭（1893—1947），著名爱国将领。早年参加孙中山领导的同盟会。先后任国民军军政学校校长、第二战区民族革命战争战地总动员委员会主任委员、晋西北军区副司令员。临终前给党中央和毛主席写信要求加入中国共产党，被接纳。

1945年，萧殷在张家口任《晋察冀日报》编委

1945年8月抗战胜利后，萧殷从延安步行两个月，于10月抵达张家口，任新华社晋察冀分社编辑组长，并兼任中共晋察冀中央局机关报《晋察冀日报》编委。

1946年2月15日,萧殷在北平军事调处执行部中共代表团驻地北平翠明庄

  1946年3月,萧殷在北平写报道《"解放三日刊"出版前后——北平通讯》寄给解放区的《晋察冀日报》,揭露国民党特务压制民主的恶劣行径。报社领导担心身在北平敌占区作者的安全,发表此文时以"肖盈"为笔名。

  萧殷作为新华社北平分社采访部主任,在国共和谈期间,随"军调部"中共代表团入住翠明庄,每天,除了随中共代表团到位于北平协和医院的"和平谈判"会场采访,还要参加在北京饭店举行的记者招待会,随时将报道发回延安。

  照片下面,是萧殷用英文写的日期"Feb.15,1946"和拍摄地点"at Pieping"。

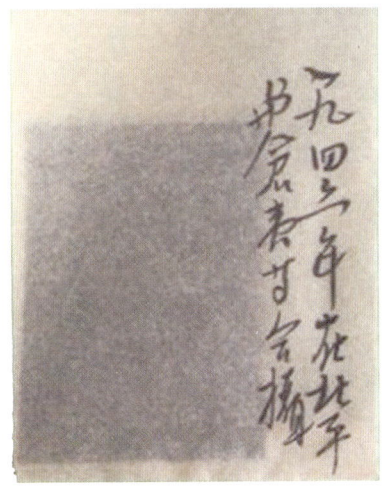

上图：1946年初，萧殷（右一）与仓夷（右二）等人在北平。萧殷文学馆在整理萧殷史料时发现这张尘封多年的底片并印出来

左图：底片袋上有萧殷用毛笔手书"一九四六年在北平与仓夷等合摄"

1946年初，萧殷与仓夷两人同在北平《解放》（三日刊）工作。1946年8月，萧殷与仓夷再次一同被调到北平军事调处执行部二十五特别小组工作。8月8日，萧殷与仓夷一同准备搭乘美国军用飞机前往北平调查报道"安平事件"。在机场，仓夷受到美方刁难，被迫飞往山西大同，在当地被国民党特务杀害。而萧殷一人抵达北平后一直没有等到仓夷。直到几年后，全国解放了，才得知仓夷牺牲的消息。

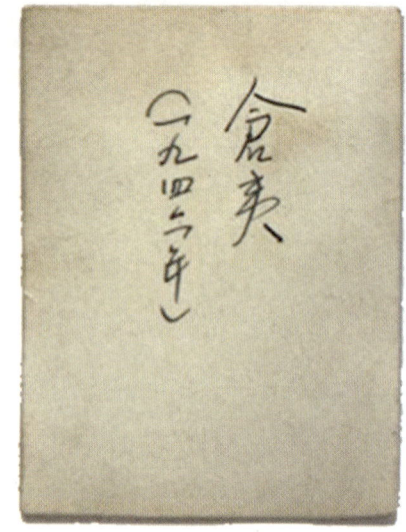

萧殷在照片背面题写"仓夷（一九四六年）"，仓夷牺牲的经过，详见《萧殷全集·第一卷》中《桃子又熟了——回忆仓夷》一文

全国解放后，得知仓夷牺牲的消息，萧殷无比悲痛。这是萧殷从另一张四人的纵列合影中，特别洗印出坐在第一排的仓夷。这张照片，从1953年起，一直摆在赵堂子胡同8号书房的书桌上，银色的镜框里面，透过玻璃，仓夷深情望着战友，万语千言……萧殷每天坐在桌前望着战友，泪花闪烁……直到1957年，萧殷写出散文《桃子又熟了——回忆仓夷》，压在心头11年的沉重心事才慢慢放下。

1946年11月，萧殷时任《冀中导报》副刊主编

《冀中导报》社长王亢之团结了来自各个解放区、敌占区的作家杨朔、王林、方纪、孙犁、萧殷、袁静、柳溪等人，使《冀中导报》作为一个坚强的战斗集体，成为区党委指导工作的有力武器。

1946年10月，萧殷在《晋察冀日报》工作。10月10日，国民党军密集轰炸张家口。《晋察冀日报》在坚持完成最后一期（第2254期）印制工作后，全部人员当晚徒步撤出张家口。

11月，萧殷奉调任《冀中导报》副刊主编。1947年2月，萧殷加按语编发徐光耀短篇小说《周玉章》。6月将《冀中导报》副刊描写农民翻身的诗谣选编成《翻身诗谣》一书由冀中新华书店出版。

1948年在河北获鹿县大河镇。左起：萧殷、陈企霞（照片由陈企霞儿子陈恭怀提供）

　　1947年萧殷在华北联合大学文艺学院文学系任教，1948年到河北获鹿县大河镇参加土地改革。陈企霞时任华北联合大学文艺学院文学系主任。

1948年，萧殷任《石家庄日报》副总编辑。摄于《石家庄日报》编辑部门前

石家庄市，是当年中国共产党在中国建立的第一个新民主主义城市政权，而《石家庄日报》是中共中央华北局下辖的中共石家庄市委机关报。

1953年11月，萧殷在北京鼓楼东大街103号
中国作家协会文学讲习所楼顶，背景为钟楼

第二章

工作与奉献——文坛春秋

新中国成立以后，萧殷从事过《文艺报》《人民文学》《文艺学习》和《作品》等多个文学刊物的编辑工作，历任中国作家协会青年作家工作委员会副主任、中国作家协会文学讲习所副所长、暨南大学中文系系主任、中共中央中南局宣传部文艺处处长、中国作家协会广东分会副主席等职务。

无论是杂志编辑、文艺教学、文学活动组织还是文艺领导岗位上，萧殷都耗费精力，全力以赴。他的整个生命都融汇到新中国的文学事业中。萧殷在文学理论的普及和开拓方面付出了辛勤劳动，他从事理论斗争方面的胆识和勇气令人难忘。

在那个没有彩色摄影的年代，被黑白两色定格的世界是如此丰富生动，无论是明珠璀璨，还是冰幕雪帘，萧殷羸弱的身躯永远埋藏着火热，瘦削的脸庞永远流淌着真诚。

萧殷的一生，是奋斗，更是奉献！

一 中华全国文学艺术工作者协会

1949年5月,萧殷在北平北新桥小三条15号,这里是萧殷夫人陶萍的舅舅陶孟和的住宅(萧殷自拍照)

1949年2月,萧殷随中共中央华北局进入和平解放的北平,奉命参与创办《文艺报》,工作岗位由新闻界转向文艺界。

1949年4月27日,萧殷在北平华北人民政府文化艺术工作委员会工作,参与筹备中华全国文学艺术工作者第一次代表大会。

北平北新桥小三条15号陶孟和家的小院。萧殷拍摄

1949年7月2日,中华全国文学艺术工作者第一次代表大会正式开幕

1949年7月2日至7月19日,中华全国文学艺术工作者第一次代表大会在北平召开,来自10个代表团的824位(实际报到约650位)代表出席会议。郭沫若致开幕词,茅盾报告大会筹备经过,朱德、董必武、陆定一向大会致贺词,周恩来做政治报告,毛泽东莅临会场并讲话。

1949年7月,中华全国文学艺术工作者第一次代表大会工作人员合影,拍摄地点为中南海怀仁堂。站立者二排右四为萧殷

会议期间,萧殷在大会宣传组工作。会议结束后,萧殷即到中华全国文学艺术工作者协会("全国文协",即中国作家协会前身)筹建机关文艺理论刊物《文艺报》。

1950年，摄于北京东总布胡同22号《文艺报》编辑部门外。左起：杨犁、萧殷、丁玲、丁玲身后站立者不详、侯敏泽、吕剑、唐因、陈企霞

1949年9月，中华全国文学艺术工作者协会主办的机关刊物《文艺报》正式创刊，主编为丁玲、陈企霞、萧殷。萧殷负责审稿并与作者沟通联络。

五十年代初，萧殷与1947年在华北联合大学文艺学院文学系任教时的同事相聚北海公园。左起：蔡其矫、系主任陈企霞、萧殷、何洛

1950年6月，萧殷在西安（黄修一 摄）

1950年，萧殷随世界保卫和平大会组织的和平宣传团到全国五六个城市宣传《斯德哥尔摩和平宣言》，做保卫世界和平巡回演讲。

黄修一，时任西北新闻局摄影科科长。

1950年，萧殷、陶萍夫妇和女儿萌萌在北京东总布胡同22号中华全国文学工作者协会。背景是三进院落东侧院的二层小楼的大门，大门东西两侧为萧殷住所，二楼为张天翼住所

1949年，北京东总布胡同22号大院拨给华北人民政府文化艺术工作委员会（"华北文委"），成为中华全国文学工作者协会的办公地点。这座由三进院落形成的完整四合院，是北京四合院的典型标配。外院有假山喷水池，全院两旁由回廊相连。二进院落三间正房四间耳房，东西厢房包括医务所。三进院落的主楼为绿色琉璃瓦顶的二层楼房，花砖地铺，豪华气派，院落的东西两侧院落宽敞开阔，花木扶疏。萧殷与张天翼住在东侧院的两层小楼，上下楼为邻。当时，丁玲、艾青、陈企霞也都住在大院内。

这张照片再现了已列为文物古迹而封闭多年的大院原貌。

1950年，萧殷的女儿萌萌与姥姥在北京东总布胡同22号中华全国文学工作者协会大门口

中华全国文学工作者协会，成立于1949年7月23日，1953年10月正式更名为"中国作家协会"。

1951年,在北京东总布胡同22号中华全国文学工作者协会大院内三进院落萧殷与张天翼的住所楼下。左起:艾芜、张天翼、萧殷、沙汀

张天翼(1906—1985),中国著名作家,被誉为"写幽默讽刺短篇的圣手""中国的安徒生"。

艾芜(1904—1992),中国著名作家,曾受鲁迅指导而一生坚定从事文学创作。

沙汀(1904—1992),中国著名作家,代表作有《还乡记》《淘金记》等。

1952年7月30日,中华全国文学工作者协会工作人员在北戴河文学休养所。前排站立者右二为萧殷的妻子陶萍,右一为《文艺报》编辑部主任杨犁,小女孩为萧殷的女儿萌萌(萧殷 摄)

1952年，萧殷在北海公园九龙壁前（吕蒙　摄）

1952年，萧殷任《文艺报》编委，同时担任北京大学中文系校外辅导老师。同年3月，他的著作《论生活、艺术和真实》由人民文学出版社出版，大受读者欢迎，先后于当年6月、9月两次再版。

北海公园九龙壁建于1756年（清乾隆年间），是清代琉璃结构建筑的典范。

1952年，萧殷与丁玲、田间在中央文学研究所。左起：萧殷、丁玲、田间

1952年6月,在北京小羊宜宾胡同3号大院。萧殷时任《人民文学》执行编辑

1953年，萧殷为《人民文学》编辑部同事拍摄的合影。地点为北京小羊宜宾胡同3号《人民文学》编辑部门前。二排左四：涂光群。（萧殷　摄）

涂光群在《萧殷在〈人民文学〉》一文中详细回忆了萧殷在《人民文学》任职这段时光。

1953年5月，萧殷在北京颐和园。摄于万寿山排云殿前

1953年7月27日于颐和园昆明湖边，背面是知春亭与十七孔桥

在颐和园云松巢疗养期间，萧殷撰写了《〈论生活、艺术和真实〉修订后记》。

解放初期，北京颐和园公园管理处将园内部分空置院落和住房分配给文化部门，中华全国文学工作者协会分到云松巢、邵窝殿两处，提供给作家写作和疗养。1953年5月，萧殷因神经官能症恶性发作，被批准到颐和园中华全国文学工作者协会疗养处休息。

1953年10月于颐和园昆明湖边（蔡其矫　摄）

二　中国作家协会

1954年1月，萧殷在南海万山群岛的垃圾尾岛（现在的珠海桂山岛）上远眺

1953年11月，萧殷遵循医生建议，来到南方的海岛边工作边休养。

1954年1月，萧殷在南海万山群岛海军基地的担杆岛，向驻军首长了解万山群岛战役"以小艇打大舰""以劣势装备战胜优势装备"的光辉战例。驻军首长手指方向为香港

1954年1月,萧殷在南海万山群岛的担杆岛上

1954年,萧殷在北京天坛公园。时任中国作家协会文学讲习所副所长

1953年7月29日,全国文协召开党组会议,通过中央文学研究所改组为中国作家协会文学讲习所。

1954年2月，萧殷任中国作家协会文学讲习所第二期副所长。在文学讲习所会见德国作家雷恩和乌塞。前排右一为萧殷

雷恩，全名为路德维希·雷恩（1889—1979），德国小说家，著有反战小说《战争》（1928，有中译本）及其续篇《战后》（1930）。

乌塞，德国进步作家。

1954年7月,萧殷在中国作家协会文学讲习所与保加利亚诗人伊萨耶夫合影。前排左三为伊萨耶夫,左五为萧殷

伊萨耶夫,保加利亚诗人,曾参加1923年"九月起义"。长期从事革命报刊工作,多次被捕,第二次世界大战时被关入集中营,1944年后作为战地作家参加反法西斯卫国战争。后任保加利亚作家协会副主席、《文学阵线》副主编等职。作品甚丰,每一部诗作都直面当时的社会现实。

1954年，萧殷继续任中国作家协会文学讲习所第二期副所长。同时任《文艺学习》编委，并参与编辑工作，其间兼任中央美术学院文学课教授。自摄于北京赵堂子胡同8号

1955年3月，萧殷回到阔别十七载的汉口

1938年1月，萧殷在汉口参加了范长江创建的"中国青年新闻记者学会"，担任青记理事会干事，并编辑《新闻记者》月刊。

1955年6月，萧殷在从化。时任中国作家协会青年作家工作委员会副主任

1955年，萧殷任中国作家协会青年工作委员会副主任。当年5月，萧殷趁休假回家乡龙川佗城，遵茅盾先生所嘱，查找三十年代自己在广州购买的《柴霍甫（今译作契诃夫）短篇小说集》，但无法寻回。离开家乡后即到广州、从化探望作家老朋友。

1955年,萧殷与广东的作家在从化流溪河畔。前排左一为陈残云,后排左一为韩北屏、右一为杜埃(萧殷 摄)

杜埃、陈残云是1936年与萧殷一起创立"广州艺术工作者协会"的老朋友。当年,萧殷为躲避国民党特务通缉被迫逃亡上海,一别将近二十年,这次重逢,格外开心。

1958年2月27日，萧殷与家乡龙川县的老区访问团团员合影。前排戴眼镜者为萧殷

1959年夏,萧殷从广州回到北京,到颐和园探望生病的妻子陶萍。摄于颐和园昆明湖的小艇上,背景为玉带桥

1959年,萧殷在广州暨南大学任中文系系主任,利用暑假返回北京。

1959年夏，萧殷在北京赵堂子胡同8号家中

1959年秋，摄于北京家中

三　中国作家协会广东分会

1960年11月，萧殷在中国作家协会广东分会二楼

1960年11月，萧殷调回广州，任中国作家协会广东分会副主席，分管机关工作；后担任《作品》杂志执行主编。

1962年1月17日,萧殷在《作品》编辑部。左起:萧殷、韦丘、刘逸生、陈芦荻

1962年1月,在萧殷的努力下,停刊五年之久的《作品》成功复刊,萧殷任执行主编,立即组织编辑部的同事开始紧张的工作。

1962年3月,郭沫若应萧殷邀请,到中国作家协会广东分会参加广东诗人座谈会。座谈会前,萧殷(左四)向郭沫若介绍韩笑(右二握手者)。从左至右:欧外鸥、韦丘、沈仁康、郭沫若、萧殷、韩笑、张永枚,韩笑后立者为郭沫若的秘书

1962年3月,郭沫若到中国作家协会广东分会参加广东诗人座谈会。从左至右:陈芦荻、岑桑、韩笑、张永枚、梵杨、野曼、郭沫若秘书、萧殷、欧阳山、郭沫若、韦丘、柯原。背坐者左起:欧阳翎、沈仁康

在座谈会上,郭沫若详细解答了萧殷1月17日信中提出的问题。

　　1962年3月,广东诗人座谈会会议期间的合影。地点是广州文德路79号中国作家协会广东分会大院会议室前。前排左起:岑桑、柯原、陈芦荻、欧外鸥、欧阳山、郭沫若、萧殷、梵杨、野曼。后排左起:郭沫若秘书、张永枚、韩笑、韦丘、沈仁康、欧阳翎。

　　1962年1月17日,萧殷致信郭沫若,提出广东诗歌界的同志在向古典诗歌学习时遇到一些疑难,请教如何从古典诗歌中汲取养料以及如何提高诗歌质量等两个问题。2月5日,郭沫若复信萧殷:"萧殷同志:接到你一月十七日的信。所提出的两个问题,我草率地回答你。这封信拖延了很久,如可用,请标题为《诗歌漫谈》。春节康乐　郭沫若。"

1963年底,萧殷时任中共中央中南局宣传部文艺处处长

1963年，萧殷（后排右一）接待日本作家代表团。前排右一为广东作家郁茹，后排左二为日本作家代表团团长木下顺二。摄于广州起义烈士陵园

1963年，萧殷在广州起义烈士陵园接待日本作家代表团（日本女作家佐藤纯子 摄）

1963年9月，萧殷在广东省海南区主持第一届文学创作讲习班。前排中为萧殷

1963年8月，萧殷调任中共中央中南局宣传部文艺处处长，他工作的岗位已经从文学编辑的文学导师转换为文化艺术的行政领导，他的工作范畴也从广东省扩展到中南地区的五个省。但是，萧殷放不下海南区的文学青年，他知道自己今后到海南岛与他们见面的机会更少，于是立即前往海南。

值得一提的是，九年后，当萧殷从粤北"五七"干校回到广州任中国作协广东分会文艺创作室副主任时，虽然他饱受暴风雨摧残，体弱憔悴，但他第一个行动，就是到海口了解海南区的文学创作情况。

九年光阴，人，便从风华正茂转瞬走向风烛残年。

1965年6月,萧殷(前排右三)与李英儒(前排左二)组成的中国作家代表团访问罗马尼亚,前排左一为罗马尼亚中文译员伊莉娜

　　当萧殷和李英儒走下飞机的舷梯,一位罗马尼亚的中文女译员迎上前来,用很纯正的普通话说:"萧老师,您好,我是您的学生。"萧殷愣住了,问:"你在什么地方学习过?我没教过外国人啊!"那位女译员说:"我是北京大学的学生,您不是给我们讲过课吗?"这位女译员名叫伊莉娜。后来伊莉娜访问中国时,特地到萧殷广州的家中拜访老师。

　　李英儒,长篇小说《野火春风斗古城》的作者。

1965年6月，萧殷与李英儒代表中国作家协会访问罗马尼亚期间，在布加勒斯特的学校与师生们合影

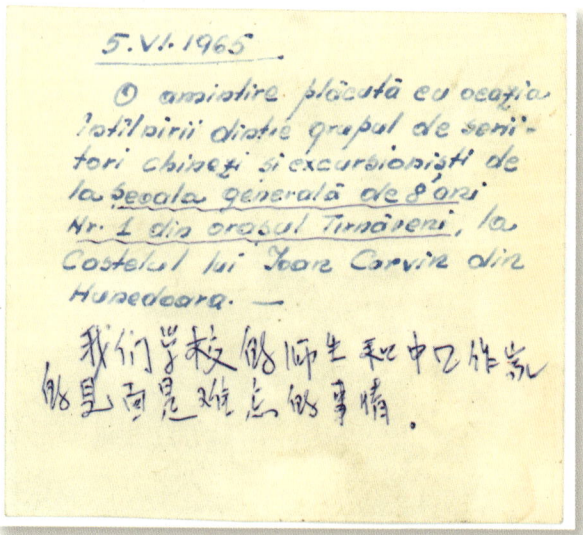

布加勒斯特学校的师生在该照片背后写道："我们学校的师生和中国作家的见面是难忘的事情。"（中文为代表团翻译所写）

1965年，萧殷在广州梅花村20号家中院子里

1965年7月，中国戏曲史上著名的中南地区戏剧观摩会演在广州举行。在一个半月时间里，河南、湖北、湖南、广东、广西五省有19个剧种44个表演团体的50多个现代剧目分七轮进行汇报演出，三千与会者汇聚一堂。萧殷作为中南局宣传部文艺处处长，不仅要审看全部戏剧，而且要负责报告审看意见，并且写好总结报告，以便及时发现问题，在不同意见的争论中，追求真善美，弃用违背艺术规律的批评处方。

1966年,"文革"来了。

1969年4月,萧殷来到中共中央中南局在粤北连山县的上草"五七"干校劳动。1971年初,在粤北山区严寒气候的侵袭下,尚在接受政治审查的萧殷肺气肿病情恶化,被紧急送回广州,幸及时治疗得以缓解。其间住在广州市东山区农林下路四横路1号大院只有8平方米的房间里,屋中仅有一张小床,一张小桌,却看不到自己熟悉的书柜、书架和书籍……萧殷百感交集。

照片的背景是萧殷家的窗口。适逢寒假,女儿萌萌从广州生产建设兵团回城探亲,为父亲记录下这身心俱疲的痛苦瞬间。

1971年2月,萧殷在农林下路四横路1号家门外(萌萌 摄)

到上草"五七"干校探望父亲的干部子弟沈长风说:

1970年,我到连山上草干校探望老爹。非常凑巧,我爹跟萧殷前辈同在一个养猪班。"因为萧前辈患有严重的哮喘病,被允许晚上单独住在'外边'(即受审查者集中监护之外的住处),我被安排与他同住。于是,我和萧伯伯有了一段不期而遇的老少情缘——我替老人理发、洗衣、打扫。记得他回忆起陈年往事,说有一个时期与人民音乐家冼星海朝夕相处,每当黄昏后,他们两位'老乡'便一同在延河边散步、谈心……冼星海向他说起《黄河大合唱》的诞生经过……让我感到,干校的生活虽然清苦、纠结,但在萧伯伯身边,我感到十分温馨。"

1972年，萧殷在从化温泉疗养院（陈骅溪　摄）

1972年9月，萧殷带队到清远县太和洞参加创作学习班，出发时与邻居挥别，地点是广州农林下路四横路1号大院（萌萌 摄）

在这次创作学习班，萧殷做长篇讲话，阐述创作规律，提出文学创作要从生活出发……没想到几个月后，这次讲话被告黑状至"中央文革小组"，遭"四人帮"点名批评，并作为"资产阶级复辟回潮"典型，萧殷再次受到批判。

1974年，萧殷在梅花村35号家中天台。背景为中南局书记兼老友金明的家中天台

1974年，萧殷开始撰写《创作论》，至1975年，已为《创作论》拟好160个题目。

1978年3月，萧殷与中国作协广东分会的作家以及《广东文艺》的编辑在从化

打倒"四人帮"后，广东文艺界再度焕发活力。

1978年3月，在广东从化温泉举行《广东文艺》工作会议。此次工作会议后，于当年7月，《广东文艺》更名为《作品》，萧殷任主编。萧殷主编《作品》期间，刊物的月发行量达到69万份。

1978年11月，萧殷先后在顺德、广州召开有30位有影响力的文艺界人士参加的座谈会，研究当时的文艺形势。

1978年3月,萧殷与中国作协广东分会干部及作家、编辑在从化。左四为萧殷

摄于1978年3月从化会议期间。左起：陈残云、张仲实、萧殷、李门、于逢

张仲实（1903—1987），中国著名翻译家，是萧殷在延安中央党校教书期间的老朋友。会议期间老友恰好在从化相遇，因此参加合照。

摄于1978年3月从化会议期间。左起：陈残云、于逢、李门、萧殷、黄宁婴

摄于1978年3月从化会议期间,萧殷与中国作协广东分会理论组的黄伟宗(左)、易准(右)在一起

会议期间萧殷与广东省文联干部参观农村。前排左三是著名国画家关山月，左四是陶萍，左五是萧殷（刘家泽 摄）

1978年9月10日，由《广州文艺》组织的广东省、广州市作家、艺术家参加的文学创作座谈会在广东佛山市西樵山召开，萧殷出席座谈会并在会上讲话。这是与会者合影，前排左二为萧殷（刘家泽 摄）

1978年12月，在广东省文学创作座谈会期间，萧殷与中国作家协会广东分会主席欧阳山（左二）、作家于逢（左一）、香港作家吴其敏（右一）摄于广州沙面胜利宾馆外

广东省文学创作座谈会于1978年12月5日至16日在广州沙面胜利宾馆召开。这是中国作家协会广东分会恢复后举办的首次重大活动，在广东文艺界拨乱反正、清除"文革"影响方面有着重大意义。茅盾题赠书法表示祝贺。作为这次文学座谈会的延续，周扬应广东省委的邀请，到广东做报告和访问。

吴其敏（1909—1999），香港资深作家，香港《海洋文艺》主编，1979年加入中国作家协会。

1978年12月，胜利宾馆会议期间，萧殷与部分广东作家合影。前排右起，秦牧、陈芦荻、萧殷、曾炜；二排右起，欧阳山、杜埃、华嘉；后排右起，吴有恒、陈残云

1979年2月，在广东茂名市，萧殷主持广东省文艺创作会议并讲话。左二起：萧殷、于逢、黄宁婴、易准

萧殷率队到茂名主持广东省文艺创作会议，并于抵达茂名当晚就召开座谈会。会议期间，萧殷会见了一些业余作者，与他们亲切交谈，会后还帮他们看稿子、提意见。当时，因天气寒冷，萧殷肺气肿病加重，正发着烧，一回到广州就住进医院。

1979年6月，萧殷在新会圭峰山劳动大学举办的作协广东分会创作学习班

1979年6月,萧殷在新会圭峰山劳动大学举办的作协广东分会创作学习班上讲话

1979年6月,萧殷在新会圭峰山劳动大学举办的作协广东分会创作学习班。自右至左:萧殷、陶萍、女儿萌萌

1979年11月，在北京召开的中国文学艺术工作者第四次代表大会上，萧殷与1938年延安鲁迅艺术学院第一届文学系的同班同学座谈。桌子左边男士：那沙。桌子右边，由远至近：周游、萧殷、康濯、天蓝

那沙（1918—2000），曾任安徽省文联副主席。《安徽文学》《戏剧界》杂志主编。

天蓝（1922—1984），1943年任教于延安鲁艺，参加过著名的"延安文艺座谈会"。

康濯（1920—1991），曾任中国作家协会书记处书记、湖南省文联主席。

周游（1915—1995），曾任《北京晚报》总编辑，人民文学出版社副社长。

1979年11月14日，在北京召开的中国文学艺术工作者第四次代表大会上，萧殷与1938年延安鲁迅艺术学院第一届文学系的同班同学合影。左起：那沙、天蓝、萧殷、康濯、田蔚、周游、莫耶

田蔚（1918—1989），曾任广东省广播事业管理局局长、党组书记。

莫耶（1918—1986），创作《延安颂》等歌曲。曾任甘肃省文联副主席。

1979年11月,萧殷在北京参加中国文学艺术工作者第四次代表大会期间合影。左起:萧殷、巴金、蹇先艾、陈沂

1979年10月30日至11月16日,第四次"文代会"召开,这是文艺界拨乱反正的里程碑,也是全国文艺工作者一次盛大会师。

会议期间,萧殷已经准备好发言,呼吁重视文艺评论工作,但是11月3日突然因高烧病倒,被紧急送入北京积水潭医院住院治疗。但他在医院只住了四天就坚决出院参加"文代会",一直坚持到会议结束。

蹇先艾(1906—1994),贵州省文联原主席。

陈沂(1912—2002),是1939年萧殷在《新华日报》(华北版)工作期间,在冀南抗日根据地认识的老朋友。

1980年5月，萧殷在广州梅花村35号家中留影

  1980年2月，人民文学出版社出版了萧殷著作《论生活、艺术和真实》第四版，当时，《谈写作》和《月夜》第二版也即将由湖南人民出版社和广东人民出版社分别出版。萧殷此时心情舒畅，照片是在广州梅花村35号二楼家中阳台所摄，身后是他亲手栽培的昙花。这一年夏天，昙花盛开，花开68朵。

1980年9月，萧殷在深圳沙头角

1980年9月5日至9日，萧殷率领广东文艺理论批评家参观团访问深圳，人员包括中山大学金钦俊、暨南大学饶芃子、华南师范大学李育中、《作品》杂志易准、黄树森以及《南方日报》谢望新等人。在深圳参观了上步工业区、蛇口工业区、沙头角镇。

1980年9月7日，萧殷在深圳水库旅游区的深圳展览馆接待厅主持创作会议，并做辅导发言。萧殷深入浅出的文艺理论和妙趣横生的辅导发言，表达了他对深圳这座城市和文学青年充满着希望和感情。左为萧殷，右为易准

1981年5月17日，萧殷在广州梅花村35号家中，神情凝重

萧殷接到通知，即将代表中国作家出访朝鲜，同时接到湖南《芙蓉》杂志总编弘征邀请他参加文学辅导活动。他不敢确定自己羸弱的身体是否能承受多年来未再尝试过的远行和工作重压。经过慎重思考，萧殷不甘放弃，拍摄这张照片后的第三天，5月20日，萧殷飞抵北京，准备参加中国作家代表团出访朝鲜。不出所料，他在北京病倒，回广州休息治疗后再到长沙开会，更是经历了与死神搏斗的一个星期。

陶萍在《相伴三十五载忆点滴》中写道：

1981年，萧殷准备出国去朝鲜。我送萧殷到北京。丁玲听到萧殷去北京，正好她在停笔20年后又写出了一本新书，刚拿到稿费，就在北京绒线胡同的一家四川菜馆内，订了两桌菜，请的人除萧殷是从广东去北京的，其他都是住在北京的，有艾青、秦兆阳、罗烽、舒群、唐因、唐达成、杨犁、侯敏泽等人，多数是原来《文艺报》的人。从1958年大家分别后，经过23年又齐集一堂。大家围着丁玲，互相握手寒暄。有人在欢笑的眼神中，还含着泪光。23年来，大家都经历了难言的苦痛，而今能够再相逢，都感到珍惜、可庆！想得太多了，但好像话被卡在嗓子里，却说不出来。

1982年底,邓伟开始为中国文化名人拍照。到达广州后,得知萧殷的身体情况,首先来到萧殷家,为他留下一生最后伏案写作的影像(邓伟 摄)

邓伟为萧殷拍摄完毕,请萧殷留言。萧殷略加思考,写下:"要成就一种事业,必须付出毕生的精力。"这时的他,已经深深体悟到"毕生"的含义。半年后,萧殷与世长辞。

邓伟(1959—2013),国际著名摄影家。

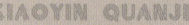

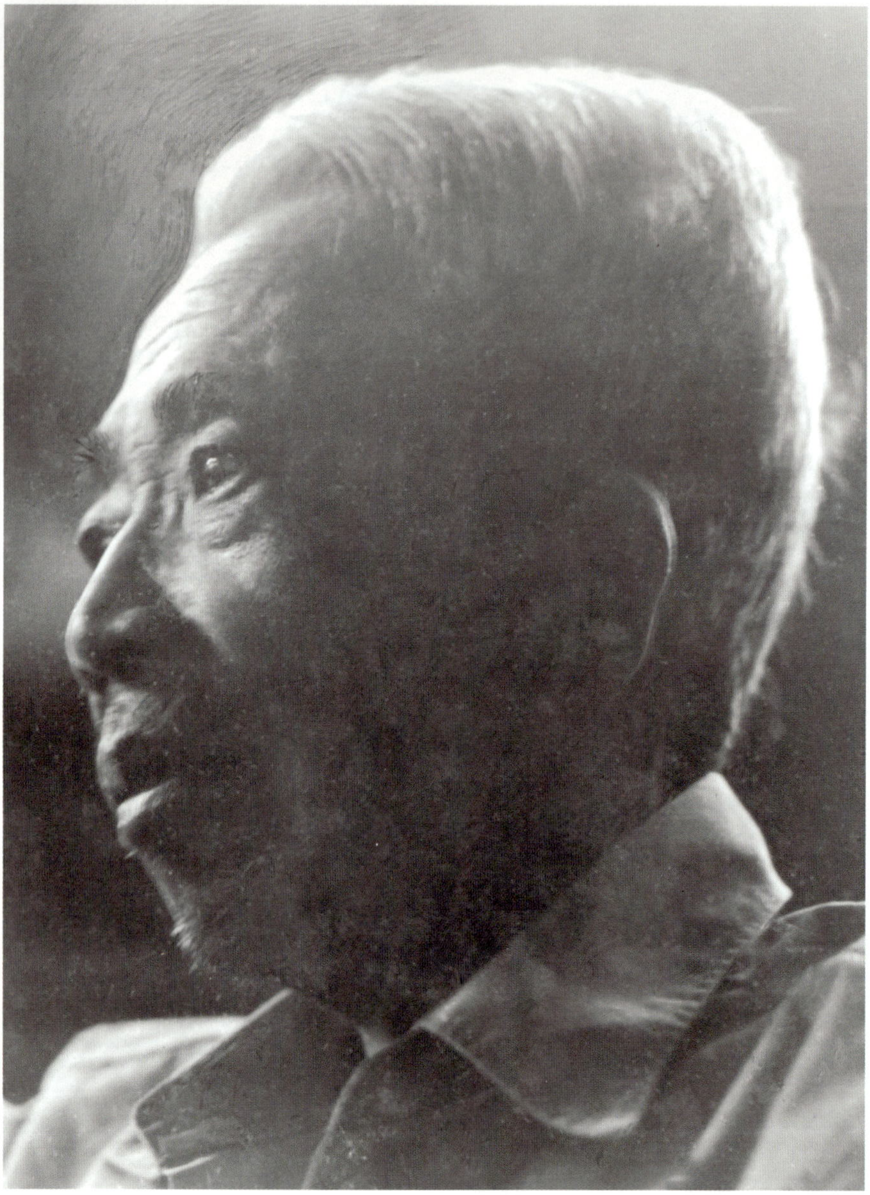

1983年1月，萧殷在广州梅花村4号家中（程晓荣　摄）

1982年11月，程晓荣代表父亲到广州看望萧殷，并拍下了这张照片。
程晓荣，专业摄影师，父亲程塱为萧殷在延安时期的老朋友。

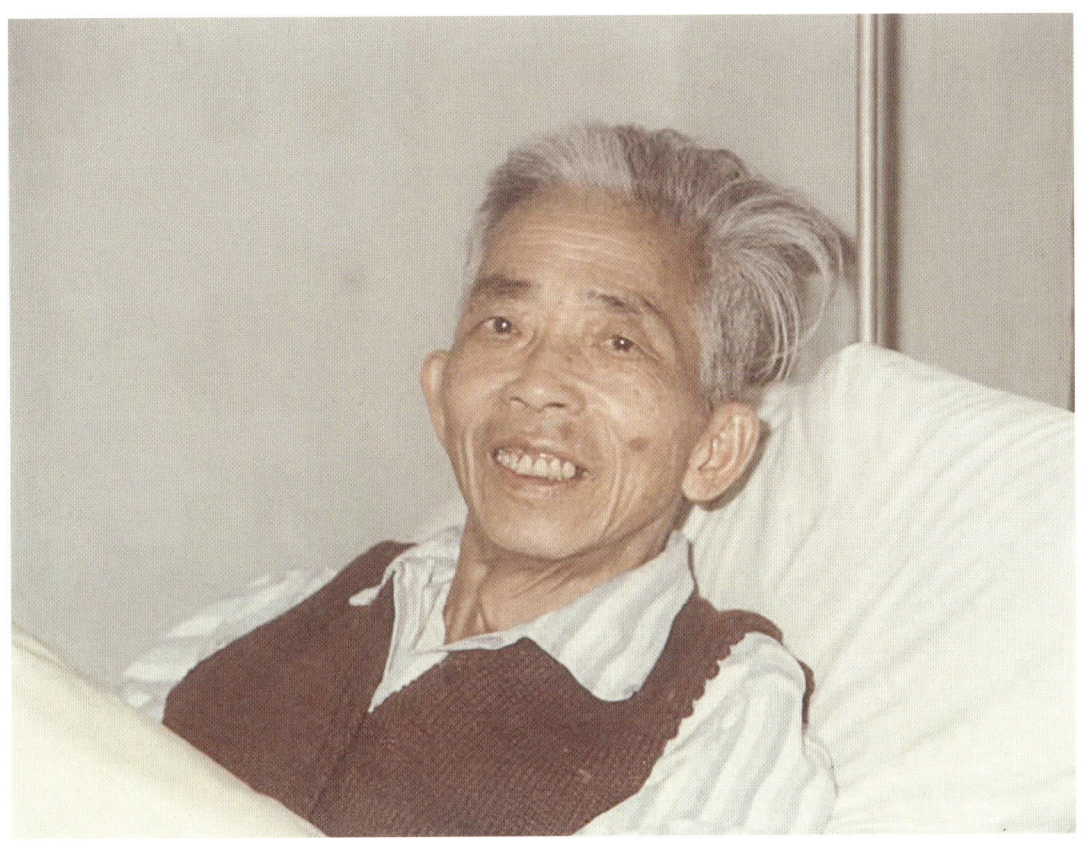

1983年4月初,萧殷在广东省人民医院东病区病房

1958年春月,萧殷在家乡佗城竹园里创作

第三章

初衷与坚持——不辍耕耘

萧殷从小酷爱文学，十二三岁已阅读大量中外文学作品，蒋光慈的《鸭绿江上》和《少年漂泊者》、荷马的《奥特赛》都令少年萧殷痴迷。十四岁开始，萧殷大量精读小说，为文学作品动人的力量深深触动。萧殷十五岁写的小说和新诗，发表在上海四马路泰东书局出版的《学生文艺丛刊》中；读初中期间，几乎读遍学校图书馆所有藏书；十六岁开始在报刊发表小说，其中有《广州民国日报》副刊和香港《珠江日报》副刊。1935年12月，北平爆发的"一二·九"学生运动促使萧殷毅然放弃文学梦想，投身革命……直到十四年后，新中国成立，积压于胸的创作激情再次被燃起。1950年，中国作协为了鼓励作家创作，提出"创作计划"的七个问题：什么作品？主题？形式？字数？完成时间？何处发表和出版？有何困难？萧殷仔细思考七个问题后做出确切回答。从1950年第一卷第六期《人民文学》开始，分期刊登了"1950年文学工作者创作计划调查"的三十几位作家的计划，萧殷榜上有名。可见萧殷迫切希望从事文学创作的心愿。后来，他开始创作长篇小说《多雨的夏天》，同时写下创作过程中的笔记和感受，作为指导青年作家写作的著作《创作论》的提纲。除了这两部作品以及多篇短篇小说外，他已准备好把战争年代多次夜行军的经历写成散文，他永远不会忘记1939年和1945年自己两次离开延安，跨黄河、越山岭，步行三四千里来到晋察冀抗日根据地的刻骨铭心的感受……那时候的萧殷，"满脑子都是题材"。

但是，萧殷一次又一次把强烈的创作欲望压制下去，把经常在脑海中跳动的活生生的人物搁置一旁，他只是尽力做了这件事——把自己费时费力阅读、思考、回答青年作者带有普遍性问题的信稿累积起来，收集在几部册子里，作为自己捧给青年作者的几朵浪花！

看着这些照片——五十年代烟不离手、奋笔疾书；七十年代百病缠身、壮心不已；八十年代风烛残年、分秒必争……感人的画面，把我们带回那个年代。

1953年5月,萧殷在北京颐和园云松巢全国文协疗养处休息、写作

　　1953年5月,萧殷神经官能症恶性发作,编完6月号《人民文学》后,被安排到云松巢休息。

　　相片中,墙上挂的是刚刚逝世的斯大林的画像。萧殷在《人民文学》第四期纪念斯大林逝世专辑发表文章《伟大的人类灵魂工程师》。

1954年2月,萧殷在北京家中创作小说《伤疤》

1953年12月,萧殷遵医嘱到南方海岛休息。在万山群岛的垃圾尾岛和担杆岛,萧殷接触了几位海军干部,详细了解1950年解放万山群岛战役的情况。1954年回到北京后,以其中一位海军干部的经历并结合自己战争期间的感受,萧殷写出小说《伤疤》。

1954年3月底,萧殷到鞍山钢铁公司采访全国劳动模范孟泰

　　1954年3月,萧殷与冯至等几位教授去鞍山钢铁公司,采访誉满全国的钢铁战线劳动模范孟泰。同行者有著名作家吴组缃、文学家与诗人黄药眠等。萧殷根据采访材料写成报告文学《孟泰仓库》发表在1954年第八期《新观察》。

1955年，在北京赵堂子胡同8号家中

在北京赵堂子胡同8号北屋的书房，萧殷曾连续8个周末指导王蒙修改《青春万岁》。王蒙说：赵堂子胡同8号那个小院，成了我喜欢去的地方，成了我知识与力量的源泉。

1956年6月,萧殷回到家乡龙川佗城与农民交谈

　　1956年6月,萧殷在家乡完成小说《月夜》。其间,他十分关心农民的生活情况,当他发现佗城粮食不足的问题时,当即修书一封至广东省委反映情况,后经过地委派工作组调查证实后,佗城粮食不足的问题得以解决。

1956年6月,萧殷在家乡龙川佗城故居竹园里创作小说《天旱的时候》。摄于故居阁楼

1957年1月在北京

1956年12月，萧殷为了争取专业创作的机会，同意作协停发工资的决定。这是回乡创作前，在北京家中留影。

1957年11月摄于北京家中（萌萌 摄）

  1957年夏天，萧殷在家乡创作期间接到中国作协通知，被要求回北京参加反右斗争。11月底，萧殷离京前，最后一次与王蒙见面。这是回乡前数日，萧殷在北京家中小院留影。当天庭院落满白雪，在雪色映衬下，在女儿面前，萧殷笑了。

1958年6月,萧殷在家乡龙川佗城竹园里创作小说

1957年至1958年，萧殷连续完成小说《在深山里》和《在柳庄》以及革命回忆录《严寒的夜晚》和《桃子又熟了——忆仓夷》，并在作家出版社出版文学评论集《鳞爪集》第一版，在北京出版社出版小说集《月夜》第一版。这期间，萧殷准备以家乡龙川佗城作为生活基地，长期生活与创作。

照片中，萧殷所执的钢笔笔杆，是他用家乡九里香木料制作而成。

1971年，萧殷在广州农林下路家中写作

1971年底，萧殷从粤北连山的上草"五七"干校回到广州，住在广州农林下路四横路1号大院楼下一间仅有8平方米的小房间内，仍坚持学习与写作。

1976年10月,打倒"四人帮",萧殷扬眉吐气,决定再写《创作论》。(关炳辉 摄)

1981年,萧殷在梅花村35号家中阳台修改《创作随谈录》(林真 摄)

1982年12月,萧殷住院治病期间坚持写作

1980年,萧殷和老朋友赖少其(左)、吕蒙(中)在从化温泉疗养院

第四章 眷恋与怀念——此生挚友

DI SI ZHANG

萧殷为人坦诚，不趋时，不媚俗，在文学界赢得广泛尊重，交友无数。

本章所选照片的光影瞬间，分别定格于萧殷在上海"流浪"时期、延安时期、国共谈判时期、中国作家协会工作时期、暨南大学任教时期、中国作家协会广东分会工作时期、从化温泉疗养院疗养时期。无论在工作场所，还是在家中，或是在病房；无论文坛知交、同事下属，还是学生弟子、港澳作家……他都是那么情深义重。

这些已经永远成为过去的光影，似乎依然喁喁细语，诉说着照片主人跌宕起伏的人生经历，令人感慨，令人思念，令人回忆。

1950年2月1日,在上海华东画报社留影。左起:吕蒙、萧殷、韩念龙。

吕蒙在此照片背面题记:"十二年第一次重逢纪念。吕蒙,一九五〇年二月一日于上海华东画报社留念。"

    吕蒙(1915—1996),萧殷二十世纪三十年代在广州市立美术专科学校的校友。1937年,萧殷与赖少其为躲避广州的反动派通缉逃亡到上海,与吕蒙和韩念龙结成患难之交。新中国成立后,吕蒙曾任上海美术出版社社长兼总编、上海美术家协会秘书长、上海中国画院院长。

    韩念龙(1910—2000),杰出的外交家,外交部原常务副部长。

1950年，萧殷与韩念龙在北京相聚

1950年，萧殷与吕蒙在北京相聚。照片左侧为吕蒙手写"一九五零年与萧殷"

1951年，沙汀在北京东总布胡同22号中华全国文学工作者协会院内萧殷家门前（萧殷 摄）

1950年9月,逯斐与萧殷的女儿萌萌在北京东总布胡同22号中华全国文学工作者协会院内(萧殷 摄)

逯斐(1914—1994),笔名宋玳,新中国成立前是萧殷在华北联大的同事;新中国成立后是萧殷在中央文学研究所的同事。后在黑龙江省从事专业创作。

1951年,古立高和萧殷的女儿萌萌在北京东总布胡同22号中华全国文学工作者协会大院回廊合影(萧殷 摄)

古立高(1923—2007),1949年加入中华全国文学工作者协会,历任《人民文学》编辑,北京作家协会党组书记。专业作家,文学创作一级。

1952年,萧殷与吴运铎(左)在北京天坛祈年殿露台上合影

    吴运铎(1917—1991),抗日战争时期新四军革命根据地兵工事业的开拓者,新中国第一代工人作家,在研发军工产品时因工伤落下残疾,被誉为中国的"保尔·柯察金",其自传体小说《把一切献给党》成为激励全国青少年积极向上的巨大动力。

1952年7月28日,杨犁与萧殷女儿萌萌在北戴河海滨合影,当时风很大,雨将至(萧殷 摄)

杨犁(1923—1994),当时为《文艺报》编辑部主任。后任北京中国文学馆首任馆长。

1952年，楼栖（左）与陈凌霄合影（萧殷　摄）

楼栖（1912—1997），三十年代曾与萧殷一起在香港《珠江日报》副刊发表杂文。新中国成立后，曾任中山大学中文系副主任、中国作家协会广东分会副主席。

陈凌霄（1915—2011），笔名俯拾，是1935年冼星海《战歌》的词作者。1937年，萧殷流亡上海时，陈凌霄热心相助，介绍萧殷到上海的暨南大学住宿。新中国成立后，陈凌霄常去萧殷在北京和广州的家中聊天叙旧。

1952年,张天翼和萧殷的儿子葵葵在北京东总布胡同22号三进大院东侧院的葵花下合影。背景是张天翼家二楼的窗口,萧殷住在楼下(萧殷 摄)

张天翼(1906—1985),中国著名作家,新中国成立后曾任中央文学研究所副主任、中国作家协会书记处书记、《人民文学》主编。

1953年，中国作家协会勤务员宋永平，摄于颐和园云松巢斜廊（萧殷 摄）

解放初，北京颐和园的云松巢和邵窝殿两处被定为文化系统干部疗养、写作的处所。19岁的农村青年宋永平被安排到这里负责接待工作。

1953年，萧殷因病住进颐和园云松巢。从此，萧殷一直关心并指导宋永平的文化学习，使他的写作水平不断提高，两人成为终生的朋友。萧殷去世后，宋永平专程到广州银河公墓拜祭老朋友。

1953年6月7日，葛南照在北京六一幼儿院与萌萌合照（萧殷 摄）

萧殷与老同学葛南照到北京六一幼儿院看望萌萌，其时，六一幼儿院正在青龙桥兴建校舍，北京市政府批准在北京的关岳庙旁建造一列平房暂供六一幼儿院使用。图中石阶通往大殿正门，重檐间临时改挂"儿童宫"牌匾。1953年暑假后，六一幼儿院搬进新校舍。

葛南照，高级工程师。

1954年2月,在上海复兴西路卫乐公寓楼下。后排左萧殷,右赖少其。前排左起:吕蒙,赖少其儿子赖小蝉、女儿赖晓峰、夫人曾菲

赖少其和吕蒙是萧殷三十年代患难与共的老朋友。萧殷从南方海岛回北京途中,绕道上海会见他们。当时赖少其和吕蒙都住在复兴西路卫乐公寓。这期间萧殷还与黄宾虹相见。

1954年,严辰怀抱萧殷的儿子葵葵在颐和园昆明湖小船中,旁边是严辰夫人逯斐。背景是颐和园玉带桥(萧殷 摄)

  严辰(1914—2003),原名严汉民,笔名厂民,为萧殷在华北联大文艺学院文学系的同事,曾任《人民文学》副主编、《新观察》主编、黑龙江省文联副主席等职。

1957年，陶萍（左四）与韦丘（后）、韦丘的夫人李昭（右三）均为中国作家协会文学讲习所第四期"编辑学习班"的学员。星期天，他们与来自各地的同学到北京十三陵游玩。（萧殷 摄）

陶萍（1921—1997），萧殷夫人，当年在北京《人民文学》杂志社任编辑。

韦丘（1923—2012），原名黎思强。东纵抗日老战士，著名作家。曾任中国作家协会广东分会副主席，《作品》杂志副主编。当年在广州《作品》编辑部任编辑。

李昭（1924—1996），韦丘的夫人，东纵抗日老战士。曾任岭南美术出版社副社长。广东著名戏剧家李门的妹妹。

1962年夏天，萧殷第一次带两个儿子回家乡。在龙川县佗城竹园里，萧殷的初中同学罗海清（右）、黄儒林（左）与萧殷的儿子葵葵（左）、荃荃（右）合影（萧殷 摄）

1971年，与老同事、老朋友姚锡华在广州起义烈士陵园湖畔（陈骅溪 摄）

姚锡华（1929—2009），曾任广东省高教委员会党委书记，《光明日报》社总编辑，中共十三大代表。在担任中共中央中南局宣传部理论处副处长期间，与萧殷成为朋友。

1972年3月,与原中共中央中南局的同事们和教育战线的老朋友在从化流溪河畔温泉疗养院松园留影。左起:张日新、蔡迈轮、不详、王化文、萧殷、林川、胡广恩(陈骅溪 摄)

1972年初,照片中各人分别从各自的干校回到广州。"文革"尚未结束,各人的工作有待落实,赋闲在家,思绪万千。而流溪河畔,淙淙溪水,处处茂林,苍松翠柏,修竹挺立……使人联想到三国曹魏正始年间(240—249)在竹林下饮酒纵歌的"竹林七贤"。萧殷不止一次指着照片笑说:呵呵,竹林七闲。

蔡迈轮(1915—1983),曾任中共中央中南局直属机关党委副书记、广东人民出版社副主任。

林川(1918—2014),曾任广东省教育厅副厅长、广东省高教局局长。

张日新,原中共中央中南局经贸委员会副主任。

王化文,原中共中央中南局财贸委员会副主任。

胡广恩(1917—1987),曾任中共中央中南局财贸委员会常务副主任,广东省计划委员会副主任,广东省人民政府顾问。

1972年3月,与原中共中央中南局的同事们和教育战线的老朋友在从化流溪河畔温泉疗养院。前排左起:蔡迈轮、萧殷、林川、张日新、王化文、胡广恩(陈骅溪 摄)

从化流溪河畔温泉疗养院,因当地水质好、水温高、泉景佳,被人们称为"岭南第一温泉",是著名疗养胜地。

1972年3月，摄于从化流溪河畔温泉疗养院翠溪楼河对岸。左二起：萧殷、林川、杨康华、张日新（陈骅溪 摄）

照片让我们回到半个世纪前，一睹清澈溪水、苍翠林木怀抱中的著名翠溪楼风貌。

杨康华（1915—1991），曾任中共中央华南分局宣传部副部长，中共广东省委文教部、统战部部长，广东省政协第一副主席，广东省副省长，暨南大学校长。

1972年,萧殷(左二)任中国作协广东分会文艺创作室副主任,赴海南与海南行政区文学艺术界联合会副主席朱逸辉(左三)等人合影

  1971年夏,对萧殷的"政审"终于结束,萧殷于11月回到广州。1972年,萧殷任中国作协广东分会文艺创作室副主任,第一次外联就前往海南。

  朱逸辉(1925—2016),曾任海南人民出版社副社长兼总编辑,海南行政区文化局副局长,海南行政区文联副主席,海南省作协副主席。

1980年，萧殷与老朋友赖少其（右一）、儿子葵葵（中）在梅花村35号家中阳台合影

著名书画家赖少其是萧殷一生的挚友。萧殷逝世后，为建立萧殷雕像他奔走操劳，为雕像书写碑文，并为萧殷故居题匾。

1980年,萧殷在广州梅花村35号家中接待香港作家。前排左起:萧殷夫人陶萍、萧殷、香港作家严庆澍。后排左起:香港作家林真、广东人民出版社编辑林振名、不详、萧殷儿子葵葵、萧殷儿子荃荃。

  从二十世纪七十年代末期开始,萧殷积极开展与港澳作家的交流,先后接待多批港澳作家代表团,并介绍多位港澳作家加入中国作协广东分会,其中包括严庆澍(曾以笔名"唐人"创作小说《金陵春梦》)。

1980年，萧殷与夫人陶萍（前排右一）在梅花村35号家中接待香港作家。后排左起：彦火（潘耀明）、原甸、杜渐、黄河浪、海辛、陶然（涂乃贤）

1980年5月,美国学者Perry Link(林培瑞)到广州梅花村35号萧殷家中访问,并与萧殷、陶萍在家中阳台合影(黄伟宗 摄)

　　Perry Link(林培瑞)是美国著名汉学家,是美国汉学家中与中国联系最密切的"中国通"之一。他登门拜访萧殷,虚心求教,萧殷耐心为他解答了诸多疑问,并向他详细介绍中国文学史的发展脉络及各阶段的经典作品和作者。

1980年,萧殷在家中与老朋友亲切交谈。中间为诗人蔡其矫,右为香港作家陶然

蔡其矫(1918—2007),当代著名诗人,曾在华北联合大学艺术学院文学系教书,1952年至1957年任中国作家协会文学讲习所教员、教研室主任。在上述两段工作中,均与萧殷为同事。

陶然(1943—2019),原名涂乃贤,曾任香港《香港文学》总编辑、香港作家联会执行会长,经蔡其矫引荐与萧殷认识,1986年加入中国作家协会广东分会。

1981年7月,萧殷赴湖南长沙,为湖南人民出版社的文学创作学习班讲学。其间与负责人合影。左起:弘征、黎牧星、萧殷、袁琦

1981年7月,萧殷赴长沙参加湖南人民出版社文学创作学习班期间,因日夜看稿,操劳过度而晕厥,后经抢救脱离危险。

弘征(1937—2022),原名杨衡钟,湖南文艺出版社社长、总编辑,《芙蓉》杂志主编,编审。弘征尊称萧殷为自己的老师,曾为萧殷出版多部著作,并为萧殷篆刻多枚印章。

黎牧星,曾任湖南人民出版社社长,湖南省出版局副局长。

袁琦,时任湖南人民出版社副社长。

1983年4月，刘庆才到广东省人民医院东病区病房看望萧殷

在广州工作的刘庆才是萧殷的中学同学，高级工程师。在"文化大革命"中，刘庆才一家冒着风险为萧殷保存了大量珍贵的历史照片和底片。

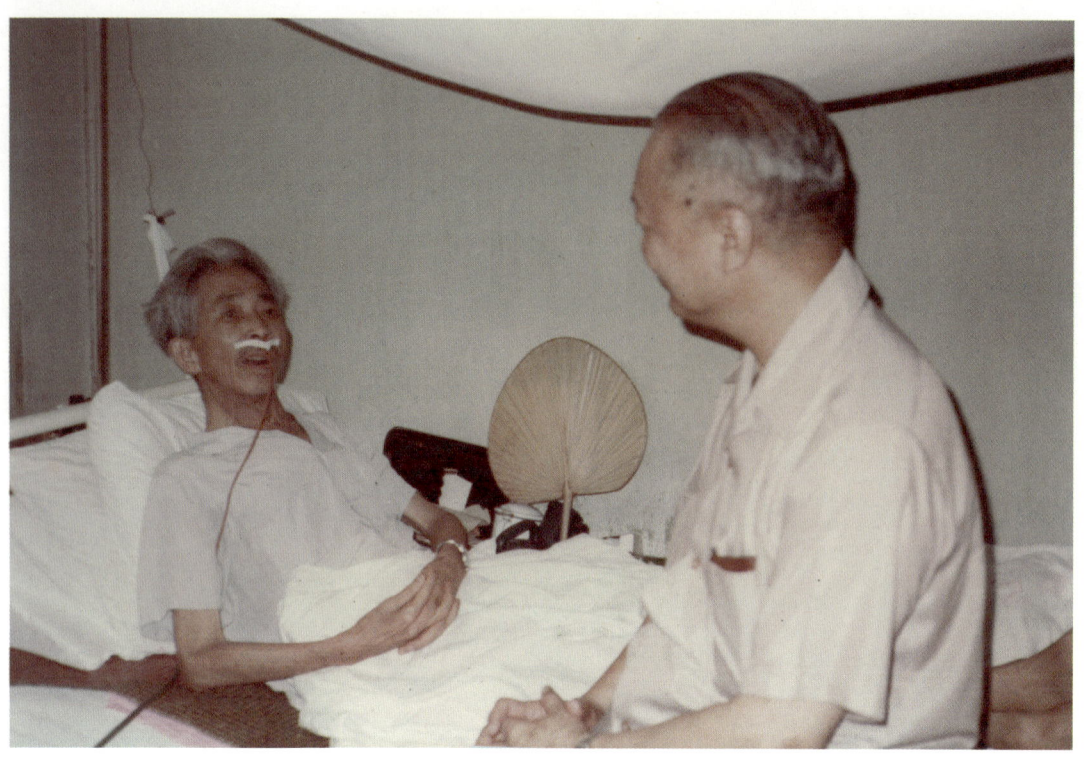

1983年6月,亲家卢静子到广东省人民医院东病区病房看望萧殷

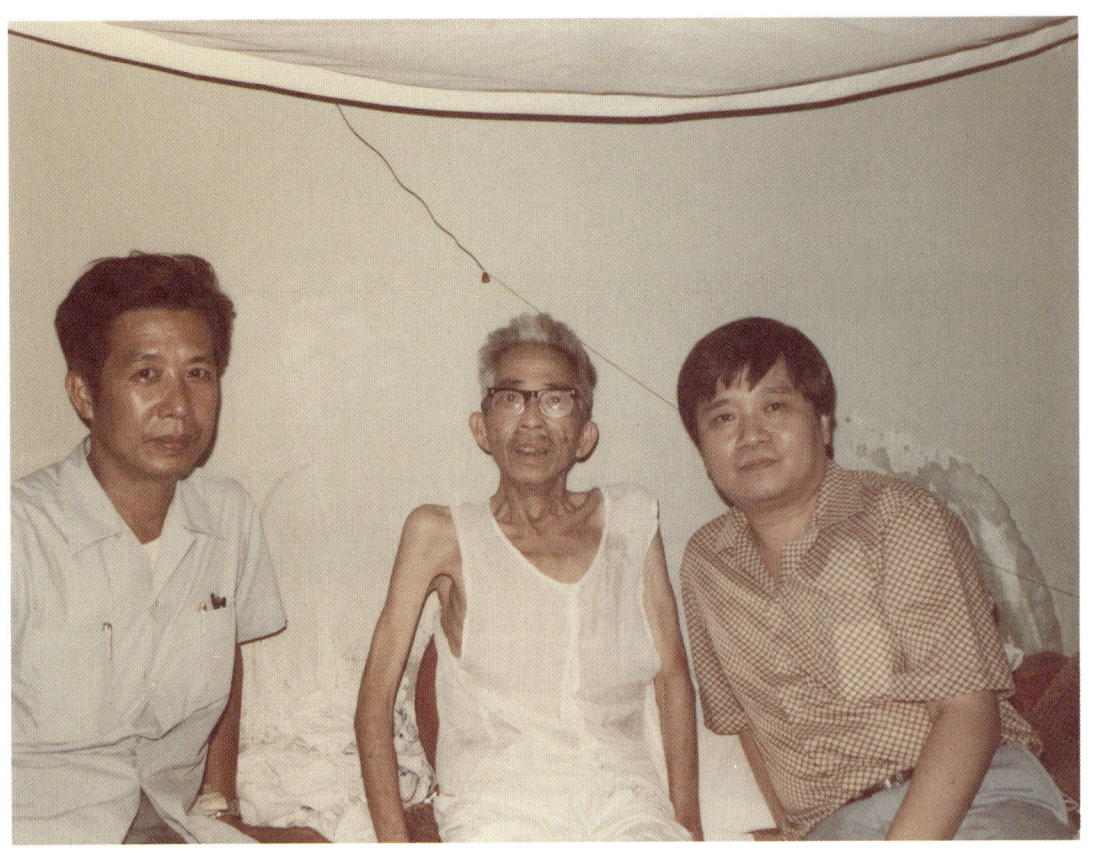

1983年7月26日,香港作家白洛(右一)到广东省人民医院东病区病房看望萧殷

  这是萧殷生前最后一次会见来访客人的照片。萧殷去世后,白洛写信给师母陶萍,深情怀念老师。

  白洛,原名白乐成,香港作家,毕业于暨南大学中文系,曾任香港《文汇报》副刊副主任,是香港作家联谊会发起人之一并任理事,1985年加入中国作家协会。

1958年，萧殷与广州暨南大学中文系的学生
在暨南大学明湖的湖心亭前的木桥上

第五章

栽培与扶持——辛勤园丁

　　讲坛，是萧殷呕心沥血辛苦耕耘的重要园地。从华北联合大学到中国作家协会文学讲习所，再到暨南大学，萧殷三次站上讲台，专职从事大学的教学工作。而从五十年代起，萧殷还先后在北京大学中文系、北京中央美术学院、广州中山大学担任校外辅导老师。

　　在一个个大学讲台上，萧殷用心血培育了一批又一批文学青年。萧殷不仅教导学生写作，使学生得到文学启蒙，更引导他们做人，为他们奠定了从事文学事业坚实的思想基础，成为新中国文化事业的精英。萧殷为人师表的光辉形象深深刻印在一批又一批学员的心里。

一　执教华北联合大学

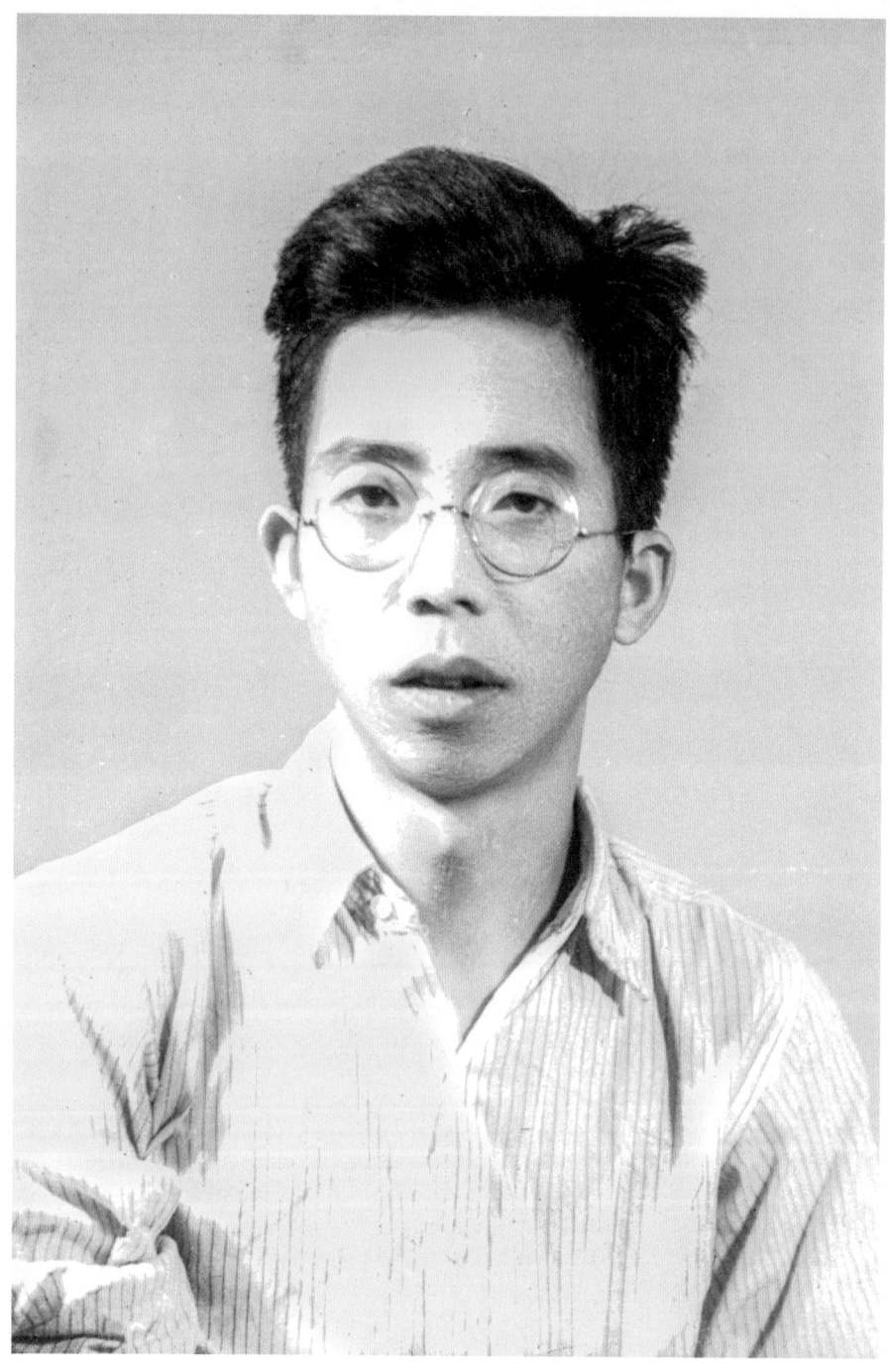

1947年，萧殷在华北联合大学教书

华北联合大学

　　从1947年3月至1948年8月，萧殷担任华北联合大学文艺学院文学系教师，他为文学系甲班讲授"创作方法"，为文学系乙班讲授和辅导"写作练习"。萧殷不仅在课堂上启发学生学习文艺理论、阅读文学作品，他还创办了文学刊物《文学新兵》，鼓励学生发表习作，培养写作兴趣。在萧殷亦师亦友般的亲切指点、启发和鼓舞下，这些青年学子一步步实现文学的梦想。学生徐光耀、唐因、刘剑青、鲍昌、黎白、徐孔等，后来都成为活跃在新中国文坛的骨干力量。

徐光耀作为课代表,为萧殷的授课认真做的笔记(首页)

　　看徐光耀七十六年前记下的萧殷讲课课堂笔记——《创作与美》,虽然笔记做得幼稚,而且有些错别字,但依然能看出条理。从萧殷讲课的这个课堂笔记中可以看到朱光潜、车尔尼雪夫斯基的名字。既然讲题是《创作与美》,萧殷自然会谈及自己对中国现代美学的开拓者朱光潜深入研究西方美学思想的感想,而车尔尼雪夫斯基的美学思想和文艺批评的学说,更是对萧殷产生过极大的影响。

　　六十八年后,《徐光耀日记》出版了。书里大约有七十处提到萧殷老师,重现徐光耀在华北联大读书期间,与萧殷老师亲切相处的点点滴滴。

1948年，华北联大文艺学院文学系在河北正定大教堂前的毕业照。教师都在照片右角。前排右一为萧殷，右二为何洛；二排右一为陈企霞；三排右一为严辰（厂民），右二为蔡其矫

1946年4月，陶萍（第四排左一）在华北联大法政学院政治经济学课堂听课。地点为石家庄。法政学院后改为政治学院。萧殷与陶萍在华北联大相识，并于1948年在华北联大结婚

毕业多年后，学生们没有忘记老师。听听他们的心声：

在华北联大文学系的教员里，萧殷同志是给我印象最深的一位。（鲍昌）

每次见了萧殷的来信，我都禁不住激动得要流下泪来。（徐光耀）

多少年来，同学们凑到一起回忆起在文学系学习这一段难忘的经历时，首先提到的老师是萧殷同志。（黎白）

由于萧殷老师的引导，我开始知道应当怎样走向文学之路，坚定了我投身文学的信心。（唐因）

二　执教中国作家协会文学讲习所

1953年摄于中国作协文学讲习所楼顶，时任文学讲习所副所长

　　1950年10月，中央文学研究所宣布成立，办公地点设在北京市鼓楼东大街103号的四合院。中央文学研究所是新中国培养作家的摇篮。其间，萧殷多次为研究所的学员做专题讲课。1953年，中央文学研究所更名为中国作家协会文学讲习所。

　　1953年11月，萧殷任文学讲习所第二期副所长，时常为学员教授文学创作课。

在文学讲习所工作期间,萧殷带着女儿居住的小楼

照片背后的文字:这是文学讲习所我们住的地方。萧殷 摄于一九五四年七月。

1953年中国作协文学讲习所第二期部分课程和讲课教师安排

中国作协文讲所（现鲁迅文学院）的展览室里保存着一份关于1953年中国作协文讲所第二期部分课程和讲课教师安排的文件，在《第一期文学思想与文学政策讲课记录》里，记录了萧殷给1953年第一期学员讲课的两个题目：《再论普及与提高》《从永不掉队谈起》。

小说》。下午个人阅读。晚间跳舞晚会，未参加。	三月七日（周三） 下午萧殷讲《怎样塑造人物性格》。中央文学研究所的证章发了，克罗米底子，红字，我的是59号。	**文艺理论部分**	
二月二十六日（周一） 饭后到所部领取了茶具和文具，信封信纸和稿纸等。曹桂梅到我房中来坐了一会儿，年轻，结实，从汉口来。只读过两年小学。他说他文化浅，"像这样一本书——他拿起一本董乃相的《我的老婆》来，说——我要一天才读得完。"晚参加中央戏剧学院的春节演出晚会。	三月八日（周四） 七点半到十一点政治学习大组讨论，是自由发言，还是陈淼和马烽讲得好些。理论小组宣布名单，组长是孟冰，组员我们这边的有唐达成、白村、沈季平、陈亦繁和我。	周 扬 讲	毛主席《在延安文艺座谈会上的讲话》的历史意义
		陈企霞 讲	为文学艺术的新现实主义而斗争
		艾 青 讲	文艺的阶级性和党性
二月二十七日（周二） 下午到前门外大众剧场听归国志愿军代表报告，主席是田汉，因为是戏曲界邀请的。内容非常生动精彩，而且很感动人。今天又认识了几位同志，赵坚同志，汽车修配厂的工人，近四十的样子，和蔼可亲，又有些一切满不在乎的架儿。兰占金同志，西北来的部队工作者，1943年到延安去的。	三月十日（周六） 上午九点到十二点陈企霞讲《丁玲的短篇小说》，陈是《文艺报》主编之一。他的分析着重写作背景，明天要搬到103号去了。所里对这个理论小组很重视，下周二可能还要正式成立一下。	萧 殷 讲	普及与提高的正确关系
		严文井 讲	文艺批评
		周 扬 讲	文艺上的统一战线问题
		何干之 讲	关于新民主主义的历史
	三月十一日（周日） 搬到103号后仍和陈亦繁住一处。	杨思仲（陈涌）讲	文学的种类
二月二十八日（周三） 刮大风，满屋子灰，桌上一会儿就是一层，院子里积雪全成了黄颜色的。据门房老郑同志说，一两天没有扫了，二月二，龙抬头，就可以拆炉子了。下午听郑振铎的报告：《文学研究会》，全是些掌故，我较详细的记了下来。郑振铎，黑胖魁梧，出乎我事先的想象。	三月十二日（周一） 下午两点理论小组成立，丁玲、陈企霞、田间、康濯等同志都到会，倒是沈季平未到，后来他后悔懊恼得了不得。丁玲先讲了一段，则为对这个小组的要求，指出一些不正确的看法和不必要的顾虑。田间两个重点，一是和《文艺报》联系，和实际联系；二是起推动作用，发扬研究精神。接着各人说了一点感想。最后陈企霞同志提出学习方向，一是自己发现的问题，二是外界的问题，三是个人国际。看样子领导上是很重视这个小组的。晚小组聚在一起，自我介绍了一下。孟冰和沙驼铃都是老革命，马荫隐是一直在做文化教育工作，同时搞文艺运动，唐达成是新闻学校出来的，陈亦繁是战士；沈季平坐过牢。我在这个小组里真颇有些自愧形秽。现在饭是在宝钞胡同吃了，一中饭后和晚饭前打了两次篮球，满痛快。	何其芳 讲	文学的语言
		萧 殷 讲	怎样塑造人物性格
		荒 煤 讲	要写新的人物
		李广田 讲	《实践论》与文艺工作
三月一日（周四） 下午举行政治学习讨论会，事先指定的发言人，等于是专题报告。		周立波 讲	创作经验
		柳 青 讲	创作经验
三月二日（周五） 下午听李何林的报告，还是新文学史的左联时期，后五年。明天上午小组讨论老舍和巴金的作品，晚上好好的准备了一下。		阮章竞 讲	创作经验
		赵树理 讲	创作经验
		康 濯 讲	创作经验
		马 烽 讲	创作经验
三月六日（周二） 下午本来该是萧殷讲《怎样塑造人物性格》的，临时改请冯雪峰讲《关于鲁迅》。冯的身材看起来也满结实，脸呈不胖，但黑红黑红的。话难懂。讲得拉杂，但颇亲切。讲一半，丁玲也来了。理论小组成立了，正副组长是孟冰和沙驼铃。将来我们要搬到103去住，算是第一组了。		**中国古典文学部分**	
		郑振铎 讲	为什么和怎样学习古典文学
		郑振铎 讲	中国古典文学的诗歌传统
		余冠英 讲	古代民歌
		李又然 讲	《诗经》
		郭沫若 讲	屈原
		游国恩 讲	《楚辞》和白居易
		俞平伯 讲	《孔雀东南飞》
		冯 至 讲	杜甫
	三月十三日（周二） 下午萧殷同志接着讲《怎样塑造人物性格》。古鉴兹告诉我他是团支部书记，唐达是组织，胡昭是宣传。现在同志们（一共十几个）正写思想总	叶圣陶 讲	辛稼轩词

郑振铎 讲	中国古典文学中的戏剧传统		
阿 英 讲	元曲		
宋之的 讲	《西厢记》		
王亚平 讲	民间文学和地方戏曲		
郑振铎 讲	中国古典文学中的小说传统		
聂绀弩 讲	《水浒》		
连阔如 讲	《水浒》人物塑造		
冯雪峰 讲	《水浒》学习总结		
路 工 讲	《水浒》的真实性和人物性格		
外国文学部分			
杨宪益 讲	希腊神话、希腊史诗、希腊戏剧		
吴兴华 讲	文艺复兴和但丁的《神曲》		
冯 至 讲	歌德的《浮士德》		
孙家绣 讲	莎士比亚		
曹 禺 讲	《罗密欧与朱丽叶》		
吕 荧 讲	《仲夏夜之梦》		
吴兴华 讲	《威尼斯商人》		
卜之琳 讲	《哈姆莱特》		
杜秉正 讲	拜伦的诗		
蔡其矫 讲	惠特曼的诗		
叶君健 讲	《堂·吉诃德》		
陈占元 讲	巴尔扎克		
高名凯 讲	《欧也妮·葛朗台》		
赵萝蕤 讲	《德莱赛》		
张建真 讲	《约翰·克利斯朵夫》		
冯雪峰 讲	俄国文学		
李何林 讲	俄罗斯文学发展概况		
彭 慧 讲	苏联文学发展概况		
吕 荧 讲	普希金		
方 纪 讲	托尔斯泰		
张光年 讲	《大雷雨》		
潘之汀 讲	契诃夫		
蔡其矫 讲	肖洛霍夫和他的《被开垦的处女地》		

从王景山的日记中，可见萧殷的授课的部分记录

王景山是1951年中央文学研究所第一届研究部学员，他在《我所知道的中央文学研究所和所长丁玲》中以日记的形式记录了萧殷讲授的专题《普及与提高的正确关系》和《怎样塑造人物性格》。

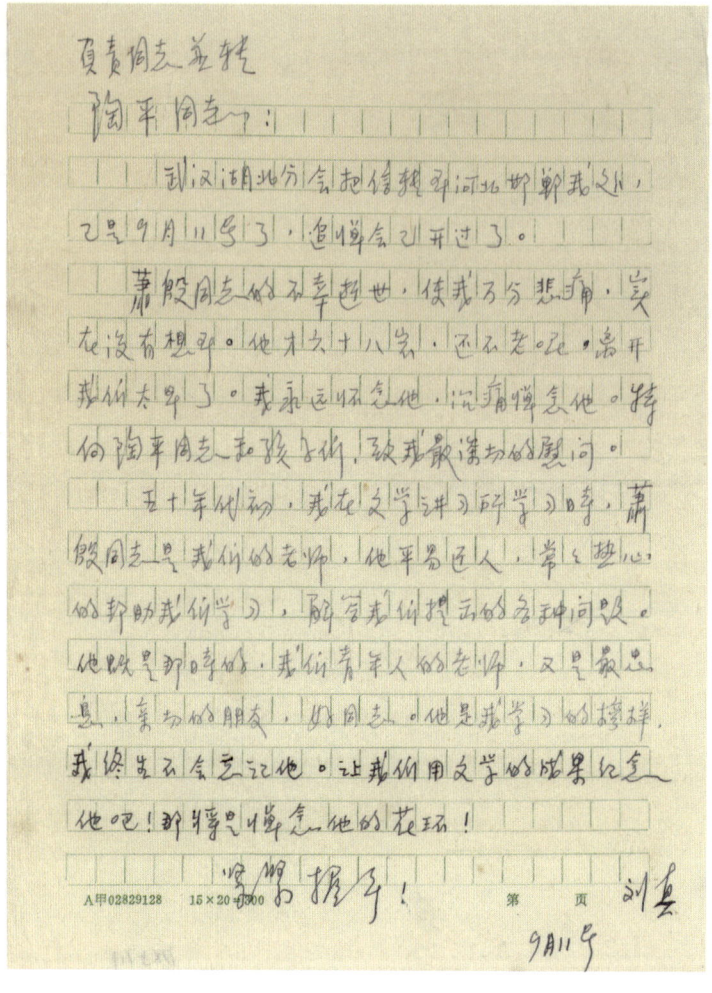

萧殷去世后，学生刘真给萧殷夫人的信流露出对老师深深的怀念

听听学员们怎样评价自己的老师萧殷：

我是按照他的指导进行学习并走上文学编辑岗位的。在课堂上他是我的老师，当编辑后，他又是我的"场外指导"，三十年来，我们师生之间真有着千丝万缕的联系。（龙世辉）

他确是一位谆谆善导的优秀教师和出色园丁。（唐达成）

他才是我名副其实的老师，他不但教我怎样工作和创作，还言传身教地教我为人处世。（韦丘）

四十年后的今天，我仍牢记萧殷师的教导："做人的第一信条：诚恳，说真话！"（贺朗）

三　执教暨南大学

暨南大学

1958年9月24日上午，暨南大学在广州举行重建后的开学典礼，图为中文系同学于当日在学校正门（今北门）合影

　　1958年，经国务院批准，暨南大学在广州重建。1958年8月，萧殷调任暨南大学中文系系主任。中文系初建期间，在无资金、无师资、无设备的情况下，萧殷因地制宜、因时制宜、因人制宜，创建了一个有侨校特色、以写作教学为主线的全新的中文系，为中国海外归侨子弟高等教育铺平了道路。培养出谢金雄、谭志图、张振金、钟永华、钟毓材、邓良球、黄卓才、卓可挡等一批优秀学生。

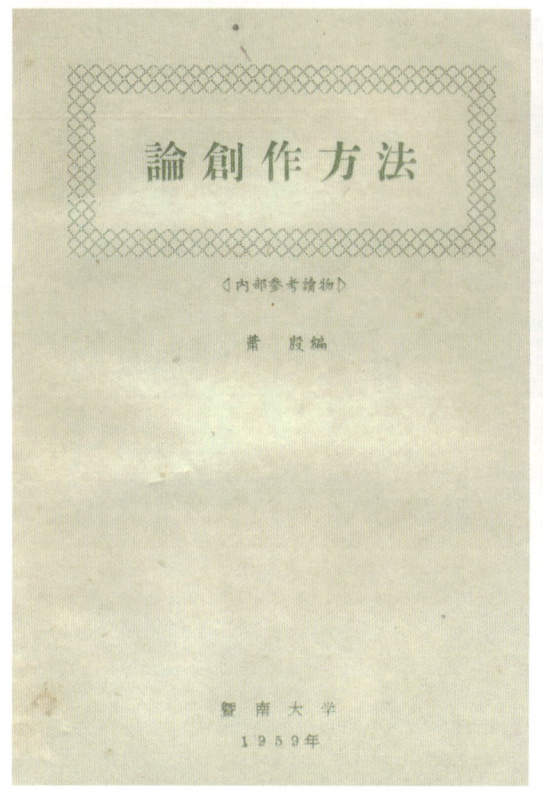

萧殷自编的《论创作方法》参考教材　　　　萧殷为《荔枝满山一片红》亲自题写书名

　　萧殷亲自制定教学提纲,亲自编参考教材《论创作方法》,为培养文学创作、文学研究的人才指明路向。由于资金缺乏,萧殷自己拨出经费,多次组织暨大中文系学生下乡采风、搜集创作民歌,选编成民歌集《荔枝满山一片红》出版并亲自题写书名。同时,他还带学生到各地体验生活,写出文章,在报刊发表,这些举措极大鼓舞了学生。

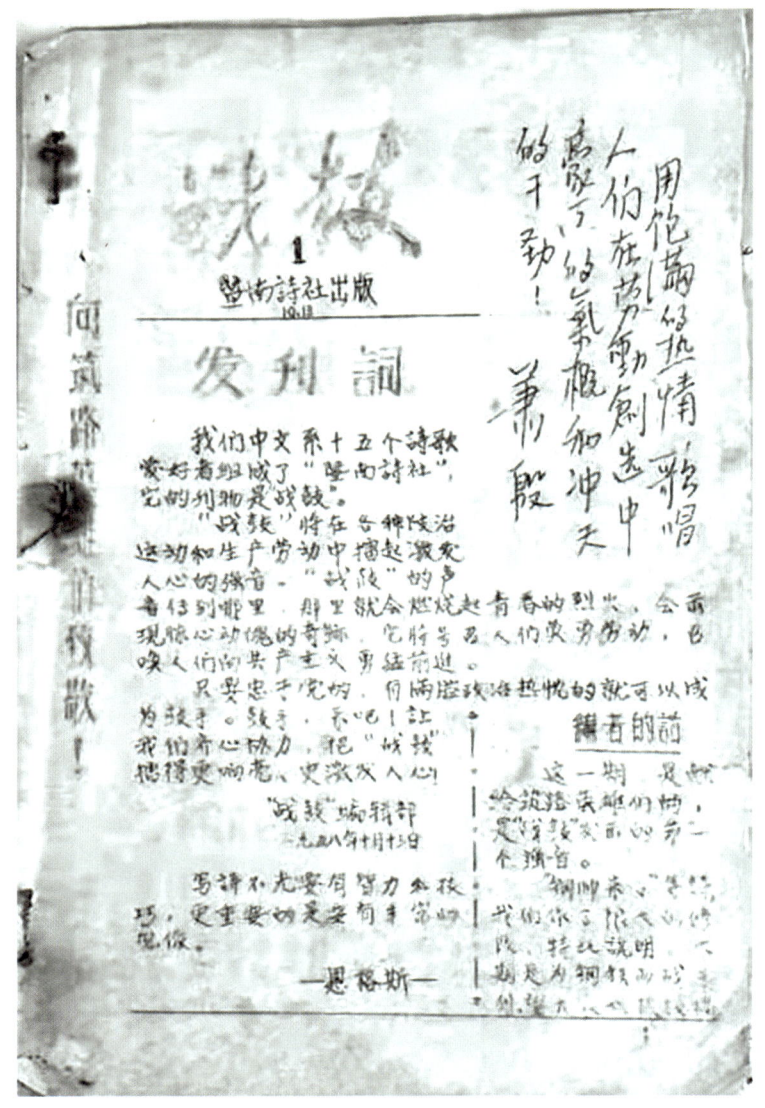

萧殷为中文系暨南诗社的刊物《战鼓》创刊号题词:"用饱满的热情,歌唱人们在劳动创造中豪迈的气概和冲天的干劲!"(学生黄卓才提供)

为了让学生拉近与作家之间的距离,萧殷请作家杜埃、秦牧、陈残云、韩北屏、周钢鸣、楼栖来学校给学生讲课,还及时"拦路打劫",把到广州出差的张天翼、艾芜、林默涵、康濯、吴组缃等著名作家请到暨大来,萧殷根据他们各人不同的创作经验商定好讲题,请他们在课堂上做专题讲课,并与学生座谈。

刻石背面刻有《明湖纪事》，记录了暨大师生修建人工湖以及人工湖命名的经过，其中提到"其名采中文系萧殷、杨嘉教授之立意也。"

1959年10月至12月底，暨南大学师生人工开挖了明湖，湖名由中文系萧殷和杨嘉两位教授所命。2006年11月1日，在明湖一侧树立刻石，正面刻有"明湖"二字。

1958年萧殷和暨南大学中文系教师们在一起。左起：叶孟贞、潘翠青、萧殷、卢大萱、饶芃子

1960年6月,萧殷(前右)与暨南大学中文系1958级师生在明湖湖心亭前的木桥上。前排左一为饶芃子

1980年6月10日,萧殷给时任暨南大学副校长的王越写信,高度评价饶芃子

  萧殷在暨南大学中文系任教期间,与教师们建立了深厚友谊。年轻教师饶芃子成为萧殷的助手,并跟随他进修文艺理论。在萧殷的严格指导下,饶芃子后来不仅成为暨南大学中文系系主任、暨南大学副校长,而且成为著名的文艺理论家。

1958年，萧殷与饶秉才摄于暨南大学旧办公楼门，当时萧殷住在此楼一个小房间

饶秉才，时任广州暨南大学中文系业务秘书。1953年毕业于中山大学语言学系。

萧殷在暨南大学中文系任教期间,也与学生们建立了深厚友谊。

1960年初夏,萧殷与暨南大学中文系的师生在一起。后排右起:萧殷、饶秉才、徐兆文、黄若梅。前排右起:伍素娴、李玉梅、司徒婵

左起：印尼侨生温应忠、钟毓材、萧殷、侨生林万里，小孩为萧殷的大儿子葵葵。背后是北屋书房前的海棠树，前面是萧殷种植的花木，右边宽大的蓖麻叶子再现当年北京小学生全体总动员种植蓖麻的热潮（女儿萌萌　摄）

1959年暑假期间，萧殷回北京治病。学生钟毓材到北京，与两位印尼老同学相约到赵堂子胡同8号拜访系主任萧殷。钟毓材曾著文《四合院里的清凉夏天》深情回忆这次见面。

其他学生回忆萧殷老师的教导：

你还把多年辑录和编写的世界文学名人谈文学的语录手稿赠送给我，手稿上面车尔尼雪夫斯基、赫尔岑、雨果、巴尔扎克、托尔斯泰等名家的警句，给我很大启迪，使我受益良多。（谢金雄）

迄今我记得他说，读书要专注细节，专注从没见过的细节，读书要读境界，要读奇妙想象的语言，我每从他那儿出来一次，就像长高了一分。（钟永华）

我在暨大学习五年，萧殷同志给我留下一个最深的印象就是：一生务实，最忌空谈。（谭志图）

1958年冬,中文系学生在广州江村参加广州钢铁厂炼焦工作一个月。在炼焦工地上,学生李玉梅(左)、周霭楣(右)与炼焦工人的孩子在一起(萧殷 摄)

萧殷既是老师也是朋友,一有空,他就会为学生拍照。这些照片为学生所提供。

中文系的六位女生（萧殷 摄）

在离开暨大后的二十多年里，萧殷一直关注、支持中文系的建设和发展，关心散布在各地的学生的成长。1965年，萧殷给学生张振金写信的时候，张振金已经分配到海南，不能见面，萧殷只能写信关怀自己的学生，告诫他"千万不要满足于某一方面的一点成绩"，"你还应在艰苦的环境里继续磨炼，把生活和创作结合起来，融成一体"。

学生邓良球毕业后从事公安工作，长期担任《广东公安报》编辑工作。1977年，萧殷给他的复信中，针对他提出的公安工作题材如何处理真实和保密的矛盾问题做了解答。

萧殷与亲自带出的文艺理论研究生游焜炳

　　1981年12月，萧殷再次来到暨南大学中文系，为暨南大学创立文艺学硕士点，使暨南大学中文系成为国务院学位委员会第一批硕士研究生学位点的授权单位。萧殷亲力亲为，带出文学专业硕士研究生。

　　游焜炳，是萧殷最后一名"学院派"的学生，他的毕业论文《论典型性格是个多样性的统一体》通过答辩，被授予硕士学位。后跟随萧殷做文艺理论研究，并相继在华南师范学院哲学社会科学研究所和广东作协创作研究部从事专业文学研究和文学评论工作。游焜炳读研期间开始发表文学评论，至今已达百万字。

给学生游焜炳的信

正是在这位学生的陪伴下，萧殷走完人生最后旅程。回忆最后师生相依相携的日子，游焜炳潸然泪下：

今年初，他编完了《萧殷自选集》，让我将书稿交给出版社。他如释重负地对我说道："集子编好了，我的任务就算完成了。等到这本书出版，也许我不一定能看到了——不过没有关系，反正能交到读者手里就行了。"听了这段话，不知为什么，我的鼻子一酸，眼眶湿润了。是担心？难过？感动？敬仰？我说不清，但我的心里却异常清楚，萧殷同志毕生从事文学事业，并不是为了向人民索取什么报酬，而是为了把自己的一切奉献给人民。

1960年9月，陶萍与孩子们在北京颐和园昆明湖。坐在岸边的是萌萌（萧殷 摄）

第六章

DI LIU ZHANG

驿站与港湾——家庭留影

家，是一种责任、一副重担，却也是人生驿站、平静港湾。

二十世纪四十年代末，当萧殷看到了全国解放的曙光，他决定建立家庭。本章的照片，记录了萧殷从新婚以来的家庭影像。

五十年代初期，萧殷度过心情最好的一段日子，他一有空闲，便用相机记录家人欢乐的画面，这些照片记录了夫人陶萍和三个"小家伙"从襁褓到学步、从幼儿园到小学时期的画面。照片严格按照季节和时间的法则，用最能表现主题的角度、光圈和速度拍摄。周末夜，黑屋里，红灯下，当女儿对着显影液的小盘欢叫"出来啦！出来啦！"的时候，忙碌的萧殷终于绽开笑脸。当年，萧殷为每个孩子各买一本相册，把照片分别题字放进相册里。

五十年代末期，因为文坛风云变幻，因为领悟人生苦短，萧殷决定把自己生命的余热献给比家人更重要的工作和培养文学青年上，家庭影像越来越少……

　　从1949年起，萧殷为儿女们分别准备了相册。从每个孩子出生起，萧殷就把他们的照片分别存进他亲自为孩子们挑选的精美相册中，每张照片背后都有他详细记录的拍照时间和地点，父爱的深沉可见一斑。

1948年，萧殷、陶萍在华北联大

1948年，萧殷在华北联合大学文艺学院文学系担任教师，陶萍在华北联合大学政治学院当协理员。

1948年5月1日,萧殷、陶萍在河北正定县华北联合大学结婚留影。背景为刚刚搬进法国教堂的华北联大(周巍峙 摄)

  萧殷、陶萍结婚当日,华北联合大学文艺学院文学系、美术系、戏剧系的几十位作家、美术家和戏剧家参加了婚礼。陶萍在她1948年5月2日的日记中写道:"参加婚礼的,多是文艺界的知名人士。有:沙可夫、丁玲、艾青、江丰、王朝文、苏强、朱子奇、厂民、李焕之等。再有校长成仿吾和我的院长何干之及文学院的师生,人真不少。而且丁玲同志拉着我的手,祝贺说:'愿你和萧殷白头偕老!'"。

沙可夫（1903—1961），原名陈明、陈微明。艺术教育家、剧作家。曾担任延安鲁迅艺术学院副院长、华北联大文艺学院院长。1949年后任文化部办公厅主任，中央戏剧学院党委书记、副院长。

丁玲（1904—1986），现代著名作家。1936年赴延安，成为到达中央苏区的第一位知名作家。1949年后任中国作协党组书记、《文艺报》主编。

艾青（1910—1996），现代著名诗人、作家。1932年加入中国左翼美术家联盟，从事革命文艺活动。1979年后任中国作家协会副主席。著有《大堰河》。

江丰（1910—1982），版画家。曾担任鲁迅艺术学院美术部主任。1949年后任中央美术学院院长、中国美协副主席。

苏强（应为"舒强"，1915—1999），原名蒋树强，戏剧导演。1944年在延安鲁艺任教。曾担任华北联大文艺学院戏剧系主任。1949年后，历任中央戏剧学院表演系主任，中央实验话剧院院长、总导演。

朱子奇（1920—2008），著名诗人、评论家。1938年入抗大学习。1949年为任弼时秘书，后历任中国作协书记处常务书记、中国作协党组副书记。

李焕之（1919—2000），作曲家、指挥家、音乐理论家。1938年到延安，同年加入中国共产党，在鲁迅艺术学院任教员。1949年后历任中央音乐学院音乐工作团团长、中央歌舞团艺术指导、中央民族乐团团长。

成仿吾（1897—1984），原名成灏。无产阶级革命家、文学家、教育家。早年创办创造社。曾担任陕北公学、华北联大校长。建国后创办中国人民大学。历任东北师范大学校长兼党委书记、山东大学校长兼党委书记、人民大学校长。

何干之（1906—1969），原名谭毓均，历史学家。曾在延安陕北公学、华北联大任教。1949年后历任中国人民大学中国革命史教研室主任、校研究部副部长和历史系主任。

周巍峙（1916—2014），音乐家。曾担任华北联大文工团团长。1949年后，历任文化部代部长、中国文联主席。

1948年8月，萧殷、陶萍在石家庄

1948年8月，萧殷调离华北联大，到石家庄市担任《石家庄日报》副总编辑。

1949年初,萧殷与陶萍姐弟摄于陶萍的舅舅陶孟和在北平的住宅

1949年2月,萧殷随周扬带领的中共中央华北局宣传部进入北平,住在东城区后园恩寺胡同7号、9号四合院华北局内(原蒋介石行辕)。周扬询问萧殷是选择留在华北局宣传部工作,还是到华北人民政府文化艺术工作委员会(下简称"华北文委")工作。萧殷选择了后者。4月,萧殷随华北文委转到灯市口"北辰宫"(灯市口大街路南85号原民国华文学校校舍)居住,参与筹备中华全国文学艺术工作者第一次代表大会。其间,妻子陶萍暂住在舅舅陶孟和于北平北新桥小三条15号的住宅待产,萧殷利用休息时间探望妻子。

6月,东总布胡同22号拨给华北文委,萧殷夫妇搬进,终于有了自己的"家"。

7月23日,中华全国文学工作者协会(简称"文协",即后来的中国作家协会)正式成立,萧殷在这里参加筹备《文艺报》工作。

1949年10月,萧殷、陶萍夫妇与未满半岁的女儿萌萌

1951年，陶萍与家人在北平北新桥小三条15号陶宅院内。前排左起：陶萍的二姨、六姨、母亲。小孩是萧殷的女儿萌萌，后排左起：陶萍二姨的儿媳、陶萍的舅舅陶孟和、陶萍、陶萍的弟弟赵忠（萧殷　摄）

陶孟和（1887—1960），著名社会学家。1918年起参与编辑《新青年》杂志，后任北京大学文学院院长，新中国成立后任中国科学院副院长。

1948年，国民党政府面临崩溃，中央研究院分为两派，一派以傅斯年为首主张随国民党迁往台湾；一派以陶孟和为首主张留守大陆，等待解放。到1949年4月下旬南京解放时，中央研究院多数研究所留在了大陆。

1951年,陶萍与母亲、弟弟赵忠、女儿萌萌在北京东总布胡同22号后院藤萝架下(萧殷 摄)

1951年,陶萍与母亲、弟弟赵忠、女儿萌萌在北京东总布胡同22号《文艺报》编辑部门外(萧殷 摄)

赵忠(1923—2014),陶萍的弟弟。1949年1月随中共中央统战部从西柏坡进入北平,时在南池子大街中央统战部工作。

1952年,北京东总布胡同22号全国文协大院三进东侧院宿舍门前,萌萌在萧殷用木凳为她做的秋千上玩耍(萧殷 摄)

1952年7月,女儿在北戴河海滨。(萧殷 摄)

　　萧殷已经调好光圈、速度和距离,但女儿依然自己玩得开心自在,直到老爸大喊一声:不许动!女儿赶紧绷紧双腿,伸直小手,乖乖看着大海并坚持了两秒。

1952年9月,萧殷和萌萌在北京图书馆(吕蒙 摄)

1952年9月,萧殷、陶萍夫妇和女儿萌萌在北京图书馆草坪上,北京图书馆现已更名为国家图书馆,右边大楼现为国家图书馆古籍馆主楼文津楼(吕蒙 摄)

  当年的北京图书馆位于北京文津街7号,前身是清代的京师图书馆,民国时期改名为国立北平图书馆,新中国成立后更名为北京图书馆。1998年更名为国家图书馆,原文津街北京图书馆分馆更名为国家图书馆分馆。

1952年9月，萧殷、陶萍夫妇和女儿萌萌摄于北京北海白塔上的汉白玉石栏内（吕蒙　摄）

北海白塔，位于北京北海公园琼华岛上，是当时北京最高的建筑物。清顺治八年（1651），顺治皇帝恩准修建白塔，以"寿国佑民"。白塔高35.9米，塔身最大处直径为14米，塔顶设有宝盖、宝顶，装饰日、月及火焰花纹，塔身正南面是"时轮金刚门"。塔身有306个方形青砖透雕通风孔，塔四周有汉白玉石栏环绕。

气势威武的白塔，一直是北京标志性景点。在白塔上拍摄的照片，今天已极为罕见。

1952年9月,萧殷、陶萍夫妇和女儿萌萌在北海公园,远景是著名景点五龙亭(吕蒙 摄)

  昔日的五龙亭,是皇后、近臣观景垂钓的地方。后来的五龙亭成为市民自发的娱乐场地,是北海公园一道活跃的人文风景。

1952年冬,萌萌、葵葵和荃荃在礼拜寺十二号(萧殷 摄)

1953年初,陶萍与葵葵在礼拜寺胡同13号院内(萧殷 摄)

二姥娘和葵葵在颐和园仁寿殿外的铜龙前（萧殷　摄）

仁寿殿于光绪十二年（1886）重建，取名仁寿殿。仁寿殿前的铜龙与铜凤均为空心，当帝王办朝会点燃檀香之时，袅袅香烟从龙凤口中冒出，景象奇异。

1953年2月7日，萌萌在"儿童宫"（萧殷 摄）

北京市六一幼儿院，前身是1945年6月1日成立的延安第二保育院。1946年，毛泽东预料蒋介石将使用突袭方法占领延安。11月，在严峻的形势下，毛泽东起草了暂时放弃延安的指示。就在11月，延安第二保育院老院长张炽昌立即行动，带领全体保育人员和136名孩子离开延安。接下来在两年零十个月的时间里，在解放战争的枪炮声中，辗转3330多里，于1949年将孩子们全部安全护送到北京，保育院因此被赞誉为"马背摇篮"。

1950年，幼儿院正式更名为"北京市六一幼儿院"。为了安顿好这批孩子，借用了北京鼓楼西的关岳庙作为临时幼儿院，并将武成殿临时命名"儿童宫"。萧殷去幼儿院看望女儿的时候，随手用相机记录下"马背摇篮"刚进北京这三年所处环境的影像，虽然只是某个角度的某一小部分，却让我们从玉砌雕栏、屋脊走兽中感受到层层迭进的檐角光影和整座宫殿的堂皇富丽，一段距今整整七十年、逐渐被时间烟尘湮没的历史景象亲切真实地再现眼前。

1955年9月,萌萌在六一幼儿院游泳池边(萧殷 摄)

1955年9月,于北京六一幼儿院。照片背景是玉泉山。右边是幼儿院的医疗室、电影院、办公室大楼,左边大路可以通往后院的水塔、烟囱和小动物园(萧殷 摄)

1955年9月,萌萌在六一幼儿院天台(萧殷 摄)

二十世纪五十年代初,六一幼儿院的两处校址,是"马背摇篮"的延续,但是影像极其少见。萧殷为女儿拍摄的几张照片,成为一份珍稀的历史见证。

1954年9月19日,萌萌和她的小朋友们在六一幼儿院合影(萧殷 摄)

幼儿院老师带领萌萌所在中班的孩子们游颐和园,在邵窝殿东面路口巧遇萧殷父子,于是拍下合影。(萧殷 摄)

1953年7月,六一幼儿院迁址到青龙桥一带新建成的园区。萧殷再次用相机记录了幼儿院的景象。

1953年2月15日是星期日，萌萌从六一幼儿院回到北京象鼻子后坑8号家门口（萧殷　摄）

查万年历，知道这一天是大年初二，奇怪，怎么幼儿院年初二才放假？再细看照片，满眼竟无丝毫年节气氛。这刚好印证了刚刚解放不久的首都人民并不重视这些与革命无关的传统节日。时光仅仅倒流七十年，照片已经成为历史见证。

而象鼻子坑这个名字，更是北京一份难得的历史记忆。据说，清朝乾隆年间，每逢乾隆过生日都会从南方运几头大象来助兴，而象鼻子坑有一片离皇宫最近的芦苇塘，水草茂盛，所以大象进京后就在此聚集休整、梳洗打扮，好日子一到，便被送进皇宫。后来，这种节礼被取消，象鼻子坑也被逐步填平并且盖房住人了，随着城市发展，周围渐渐出现了小胡同。五十年代萧殷住过的象鼻子后坑，1965年统一街巷名称时，改名为春雨二巷。

如今，改名后一个甲子将过，春雨胡同（包括象鼻子前坑、中坑、后坑）已经大部分被拆除，胡同已面目全非。胡同里剩下的几户人家，已经完全说不清春雨胡同原来的模样，更别提遥远的象鼻子后坑是什么模样……

1953年夏,葵葵在什坊院礼拜寺胡同13号院内(萧殷 摄)

1953年9月22日，中秋节，姥姥和萌萌、葵葵在颐和园的昆明湖畔和长廊之间的小路上（萧殷 摄）

1953年夏天，萧殷因病到颐和园云松巢全国文协疗养处养病，其间姥姥带着萌萌、葵葵探望萧殷。照片拍摄的这一天，姥姥送萌萌回六一幼儿院。

1953年9月22日,姥姥带着萌萌、葵葵坐在颐和园长廊上小憩(萧殷 摄)

1954年春,即将一岁的小儿子荃荃在赵堂子胡同8号(萧殷 摄)

1954年3月6日，陶萍、萌萌在上海复兴西路34号卫乐公寓8楼阳台，背景是麦琪公寓（萧殷　摄）

1954年3月，萧殷从南方海岛回京，绕道上海与赖少其、吕蒙老友相聚，住在上海复兴西路卫乐公寓8楼。陶萍携萌萌从北京到上海与萧殷团聚。

1954年，萌萌、葵葵在天安门前的观礼台前（萧殷 摄）

1954年，萌萌、葵葵、荃荃三姐弟在赵堂子胡同8号院内。老爸一声令下——笑！于是都笑了（萧殷 摄）

1954年7月，萧殷和萌萌在中国作协文学讲习所露台上

1954年10月2日，萌萌站在颐和园"湖山真意"处看她的六一幼儿院

  北京六一幼儿院，坐落在玉泉山和万寿山之间青龙桥区的农田之间。从颐和园出北门，向西步行不远，就是幼儿院。这天，萧殷带女儿登上颐和园的名胜"湖山真意"，远眺自己熟悉的幼儿院。

  "湖山真意"在颐和园万寿山西侧的山坡上，早在修建之初、颐和园尚名清漪园时已有兴建。

  于"湖山真意"轩亭北望，山下开阔的农田水波粼粼，二十里外玉泉山葱郁苍翠，百里之外的燕山峰峦绵亘——山光水色，交相辉映，真意，便在其中。

  萧殷深明"真意"之解，上得山来，感慨无限。

  今天，紧邻轩亭处，一片松林拔地而起，严密遮挡了视野，山光水色已经不复再见。"湖山真意"四个字，也许很快被人遗忘，湖山虽不再，真意愿永存。

1954年底,陶萍带孩子们到上海(萧殷 摄)

1954年底，萧殷和萌萌、葵葵在上海（陶萍　摄）

　　好不容易请妻子为自己和孩子们拍张合影，照片中人还被拍出满脸"树枝"。对摄影艺术追求完美的萧殷，并没有保留这张照片，照片是本卷主编从底片冲晒出来的。这也是萧殷的家庭影像不多的原因。

1955年8月，萧殷与哥哥郑文华（中）、同乡刘成锦（左）

萧殷有一个哥哥和五个姐姐。因为父亲早逝，母亲瘫痪在床，家庭生活的重担就落在当店员的哥哥郑文华（1904—1965）身上。萧殷读书能读到初中，全靠大哥和几位老师接济。所以，萧殷感激哥哥，从五十年代拿到第一份工资起，就一直资助哥哥一家七口，直到去世。1955年，萧殷把哥哥接到北京，让哥哥与在北京空军服役的侄女秀婵小聚，并带哥哥到天坛公园游玩。

1955年9月,萧殷在北京赵堂子胡同8号院内与孩子们合影(萧殷 摄)

上午十点半,阳光很理想,萧殷选好采光位置,安放好脚架,调好相机的光圈速度和距离,赶紧把孩子们叫来,按动快门后急忙回到椅子上——两腿夹住一个,一手搂紧一个——下令:看着前面!

看萧殷的表情,那是一脸的焦急:快门老弟,都几秒了,怎么还不咔嚓?

相片晒出来,萧殷乐了:三个孩子,一个低头欣赏树影,一个满脸不解,一个满脸不耐烦——孩子们虽然身不由己,表情和关注力却是可以选择的。

跟孩子们合作,真难。

1957年1月,摄于北京

1956年12月,萧殷被批准专业创作,同时停发工资。萧殷决定离开北京前往家乡龙川专心写作,临行前与家人在照相馆合影留念。这是唯一一张在照相馆拍摄的全家福。

临行前,萧殷将大量书籍打包带走,把自己的书桌交给妻子使用。陶萍在此写出多篇散文以及连环画《一角钱》,后者在1959年被无故歪曲为"为丁玲鸣冤"而受到不公平待遇

1957年春,陶萍和孩子们在北京中山公园(萧殷 摄)

这年春天,回乡写作已成定局,萧殷给女儿买了小书桌和台灯、日记本,安排好各项家事。启程前,正值北京文艺界对王蒙《组织部新来的年轻人》的批判日益升温,打电话再次请王蒙到家里来谈心,并多次强调对王蒙的批判是不负责任的。

一周以后,萧殷告别北京,启程回乡。从妻儿黯淡的神色,可以读出凝重。

1958年11月,萌萌在赵堂子胡同8号北屋书房读书(萧殷 摄)

1958年，陶萍在北京赵堂子胡同8号后院（萧殷 摄）

  金鱼缸后面，是中式仿古的四合院木纹屏风（俗称"插屏子"）。图中可见萧殷种植的花木遍布小院。

1959年3月，萌萌在北京赵堂子胡同8号院内（萧殷 摄）

1959年3月,萧殷在北京赵堂子胡同8号院内(萌萌 摄)

萧殷为萌萌拍摄完毕,萌萌立刻在同一位置为萧殷拍摄。

1959年初夏,陶萍和两个孩子在赵堂子胡同8号院内(萧殷 摄)

照片摄于庐山会议前夕。庐山会议后,陶萍被指为"右倾机会主义分子"而受到批判,身心受创。

1959年夏天,孩子们在天安门广场人民大会堂前(萧殷 摄)

1959年夏天,萌萌、葵葵、荃荃在北京北海公园眺望故宫角楼(萧殷 摄)

1959年10月,葵葵在广州暨南大学办公楼前(萧殷 摄)

1959年10月,萧殷与荃荃在广州暨南大学

1960年6月,陶萍在北京颐和园万寿山邵窝殿休养(萧殷 摄)

一张普通的照片背后,隐藏着一段小故事,折射出大时代的风浪。1959年庐山会议,在全国引发了大规模的"反右倾运动"。作家协会有人对萧殷在"丁陈"问题上的表态不满,借反右倾之机,对只身留在北京的陶萍发难,说她借发表连环画《一角钱》为丁玲翻案,继而对她展开多场批判,致使陶萍身心受创。当时,萧殷在广州暨南大学教书,不能回来安慰她。

幸亏半年后,这个运动被中央叫停。陶萍因腰部淋巴结瘤恶化要做切除手术,不久,作协安排陶萍到颐和园养病。6月,萧殷一回到北京,立刻到万寿山邵窝殿看望、安慰妻子。

萧殷拍摄的照片,无论花木多么繁茂,人总在阳光里。

1960年9月，萧殷与萌萌、葵葵和荃荃在万寿山铜亭旁留影

1960年9月，在北京颐和园昆明湖划船（船中是葵葵、荃荃和陶萍，岸边是萌萌）（萧殷 摄）

夏天已经过去，经过两个多月的疗养，陶萍的身体已经逐步恢复，即将离开颐和园，萧殷带孩子们与陶萍欢聚。

1962年初,葵葵、荃荃在中国作家协会广东分会二楼办公室前面阳台上(萧殷 摄)

萧殷在调回广东的一年多里,暂时住在中国作协广东分会办公楼二楼,即照片左边开窗的房间。

1962年夏天,萧殷第一次带两个儿子回家乡,在佗城的乡间小路上,两个男孩刚刚从山上采摘山稔子回来(萧殷 摄)

1962年夏天，萧殷的儿子葵葵（左一）、荃荃（左四）和萧殷兄长的儿女阿春、阿彬、阿光、阿玲、阿萍在家乡佗城竹园里家门前（萧殷　摄）

1964年4月,陶萍和孩子们在广州梅花村20号家中(萧殷 摄)

陶萍参加了"四清"工作队,准备不日启程赴阳江,启程前与孩子们合影留念。

1972年，萧殷与葵葵在从化流溪河畔温泉疗养院病房前（陈骅溪　摄）

1972年，萧殷与葵葵在从化温泉疗养院流溪河畔（陈骅溪　摄）

　　流溪河把温泉风景区分为河东、河西两岸，流溪河上的碧波桥将两岸相连。从照片中，清晰可见半个世纪以前的山、水、桥、岸的风采。

1974年，萧殷一家相聚。摄于广州梅花村35号天台

　　从1968年11月起，女儿萌萌和儿子葵葵分别下乡到雷州半岛和海南岛，萧殷和陶萍分别下放到粤北连山县和英德县五七干校，小儿子荃荃参军到海南岛临高县，全家五口人从此各奔东西，分散五地。这是分别六年后的第一次重聚。

1979年6月9日，萧殷与陶萍在新会圭峰山参加中国作协广东分会创作会议。摄于新会圭峰山招待所

1979年，萧殷、陶萍在广州梅花村35号家中

1979年，萧殷积极开展与港澳作家的联系，曾在梅花村家中接待了香港青年作家代表团。此照片是香港作家所摄。

1980年5月，萧殷、陶萍在广州梅花村35号家中阳台（林培瑞 摄）

1981年全家福,摄于广州梅花村35号。前排左起:陶萍的妹妹吴生、萧殷和外孙小宁、陶萍。后排站立者左起:儿媳穗平、葵葵、萌萌、女婿任民、荃荃、儿媳赵彦

1983年8月,萧殷、夫人陶萍、女儿萌萌在广东省人民医院东病区花园里

1983年8月,亲人用轮椅把萧殷推到医院的花园里,让他享受人生最后的阳光。亲人强颜欢笑鼓励萧殷;萧殷虽然已经走到生命尽头,却用炯炯有神的目光显示心中的不甘与不屈。

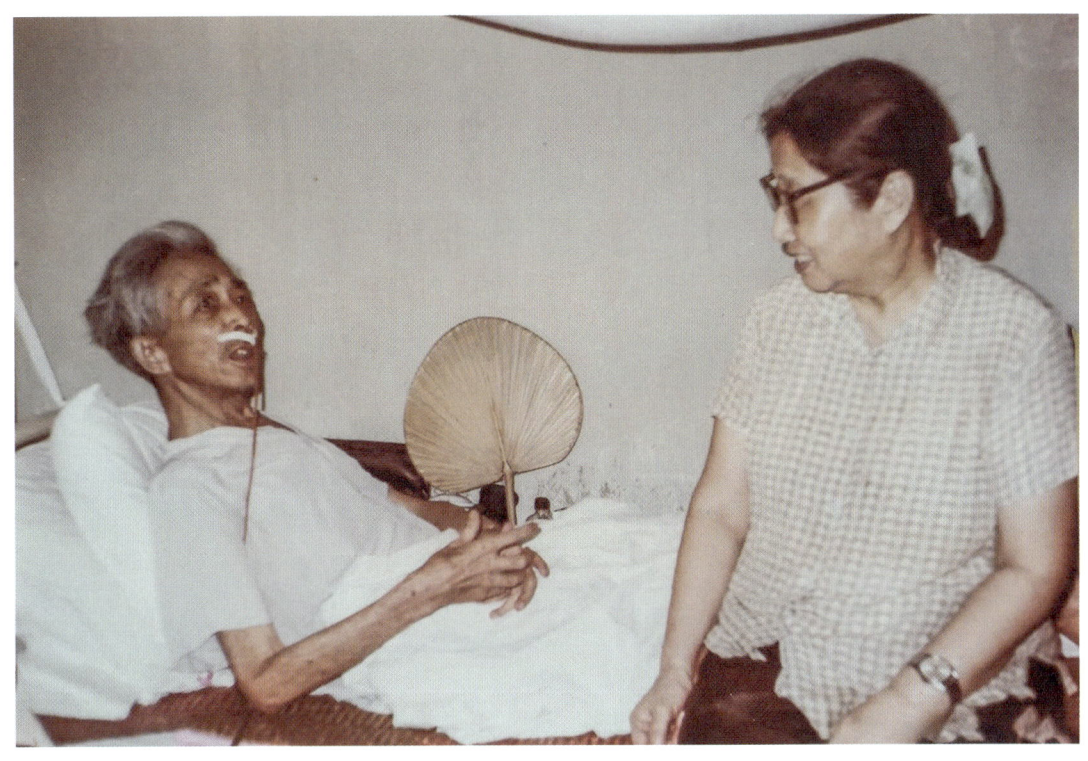

1983年8月8日,陶萍在广东省人民医院东病区病房探望萧殷

自从1948年五一在河北省正定县华北联合大学结婚,萧殷与陶萍已经风雨相伴走过三十五年。

这,是萧殷在人间的最后二十天;这,是夫妻的最后一次合影。

有医生的提醒,陶萍很明白;凭自己的感觉,萧殷更明白——眼下,这是自己与爱人相处的最后时光……

绝不谈病情!绝不谈尚未完成的工作!绝不说告别的话!

陶萍:让我说说作协的同志们近来愉快的琐事……

萧殷:让我说说昨夜梦里遇见的傻孩子……

就让我们像当初相识时一样简单,一样快乐!

聚集起最后的气力,表露出最真的坦然与安详,拼凑成最美的笑意,送给——对方。

1955年5月,家乡龙川佗城镇新渡村竹园里(萧殷 摄)

第七章

DI QI ZHANG

永恒与热爱——桑梓之光

龙川县佗城镇新渡村竹园里，萧殷生于斯长于斯。

乡音，永生不变；故土，梦绕魂牵。

看家门前的小路，从这里，萧殷踏尘而行，走出家乡，走到省城，走到上海、武汉、延安、太行、北京……看照片中佗城的青山沃野，两千两百多年前的古城风韵依然弥漫在芳馥清风里。看照片中佗城的乡舍校园，四十年间摄影人对家乡的爱依然融汇在泥沙砖石中——家乡虽穷，富有青山；家乡虽远，近在心间。翠竹摇曳，那是人间最美的画面；野花吐艳，美得醉人，弥漫心田。

看家乡的正相塔，那是萧殷在北京图书馆翻找唐塔模样并捐款修缮；看佗城中学大门的外形，那是出自萧殷的设计图稿；为1964年家乡的特大洪水慷慨解囊，为学校图书馆捐赠藏书……直到生命最后时刻，对女儿念叨："等我病好了，带你回家……"

1955年5月，竹园里故居门前通往佗城的林荫路（萧殷　摄）

昔日的佗城镇新渡村竹园里，今天的佗城镇新塘村，地处龙川南部平原，东江河西畔。1915年农历八月十六日子时，月儿正圆时，萧殷出生于此。

我们从这张六十八年前拍摄的照片中看到的林荫小道，就是从竹园里通向佗城的道路。当年，少年萧殷就是从这里走出……

1955年5月，萧殷故居外小路上的农人与耕牛（萧殷　摄）

　　1955年5月，萧殷回到佗城半个月，其间完成小说《五月间》和《天旱的时候》。写作之余，萧殷流连乡间，青山悠悠，绿水盈盈，飞鸟栖息，耕牛晚归……家乡的美景，永远令他心醉。

1955年5月,龙川佗城竹园里萧殷故居门前绿水盈盈的小池塘(萧殷 摄)

　　1983年8月，萧殷病情严重，知道自己将不久于人世，他深感遗憾的是，没有带女儿回过家乡。于是他断断续续将对龙川老家的回忆讲述给女儿萌萌听：我家门前有个小池塘，小时候，我在那里捉鱼虾……

图中的三层角楼为萧殷故居。萧殷摄于1955年5月

萧殷故居位于广东省河源市龙川县佗城镇新渡村竹园里。此园建于清代，原建筑已改建，现仅存屋后一角楼，1933年，由萧殷大嫂娘家出资兴建。角楼高3层，约12米，每层面积25平方米。灰沙夯筑墙体，硬山顶，灰瓦屋面，青砖地面，木楼棚、木楼梯。角楼每面对外都设有圆形或葫芦形枪眼。

1955年5月,从故居的小阁楼凭窗远望(萧殷 摄)

1955年5月,佗城竹园里门前的小池塘(萧殷 摄)

1955年5月,龙川佗城竹园里。萧殷的哥哥郑文华(左)和友人走在竹园里的小路上(萧殷 摄)

1955年5月，龙川佗城的田野和干活的村民（萧殷　摄）

1955年5月,从佗城金鸡咀远眺竹园里。萧殷故居掩映在山野的树丛中(萧殷 摄)

1955年，萧殷故居的小阁楼。萧殷每次回家，都住在这里，并在这里写作。
（萧殷　摄）

桌面右边靠墙摆放的相架里，是萧殷母亲晚年的照片，也是她生前唯一的照片。正面墙上的照片，是萧殷为自己的亲友所摄——虽然身在家乡，但能与千里之外的亲朋好友常常见面，很欣慰。可惜这些照片已全部湮没在岁月烟尘中。

1956年秋，位于佗城的唐朝古塔——正相塔（萧殷 摄）

1956年秋，萧殷看到家乡这座建于唐朝开元三年（715）的古塔（正相塔）的衰败模样，担心这座历经沧桑的古塔面临倒塌的危险，于是拍下这张照片，发表在由中国青年出版社出版的《旅行家》杂志上，除了表示担忧古塔的命运，也对古塔周围的古松遭滥伐提出批评。

修缮一新的佗城正相塔（萧殷 摄）

萧殷回京后，立即积极查找唐塔图样，并和有关部门商讨并提供修缮方案，后获得省政府批准拨款重修。但因拨款不足，在没有工资的情况下，萧殷捐出自己的稿费补齐空缺，终于使千年古塔焕然一新。

当萧殷再次回乡，看到修复一新的正相塔，十分欣慰。

1956年6月,萧殷故居门前波光粼粼的小池塘,萧殷对它充满眷恋(萧殷 摄)

1956年6月,萧殷用加了黄滤镜的相机拍下的故居(萧殷 摄)

等待最好的拍摄时间,加上黄滤镜,让高远天空映衬下的故居,恰好沐浴在完美的采光视角;云天,不仅没有抢镜,反而衬托出故居的静谧与美感,令人感动。摄影者把感情融进了画面。

1957年，清晨，萧殷步行到远处，隔岸拍摄竹园里小村全貌；顺便理清思路，准备艰辛的创作。（萧殷 摄）

1957年4月，萧殷再次回到佗城，开始构思长篇小说《多雨的夏天》。

萧殷为母校龙川佗城中学设计的大门，摄于1958年6月（萧殷　摄）

　　1956年6月，萧殷回佗城写作期间，参与了母校佗城中学的学校改建工作，并为学校设计了校门。校门两边是水泥方柱墩，柱墩的顶端像个拳头，又似一束笔杆，象征着知识与力量。后来萧殷题写了"佗城中学"的校名。

　　1963年，时任中共中央中南局第一书记的陶铸经过这里，特意询问大门设计者是谁，并大加赞赏。"文革"时，校门因此遭罪，被完全摧毁。

　　龙川县佗城中学，原为1913年创建的龙川县立中学。1929年，更名为龙川县立第一中学。1954年，高中部迁到赤岭背，初中部仍留在佗城。1956年，在佗城的初中部改为佗城中学。

1958年6月,龙川佗城中学外景(萧殷 摄)

1958年，萧殷在老同学罗海清陪同下，与佗城中学的教师亲切交谈。照片自右至左：数学教师罗海清、萧殷、徐焕麟（时任佗中教导主任）、张仕林（历史老师、时任佗中副教导主任）、张玉鸣、邓振华（时任佗中总务主任）

1958年，萧殷在家乡龙川佗城少先队员的篝火晚会上。站立者为萧殷

萧殷难忘革命战争期间牺牲的战友，经常向年轻人讲述抗日战争和解放战争时期的故事，教导孩子们不能忘记历史。此次活动被萧殷大姐的孙子曾海浩（背向镜头前左二）记录下来，发表于2016年4月7日《河源日报》。

1958年，龙川佗城雷公凹（萧殷　摄）

1958年，透过山峦，竟然看到云蒸霞蔚，群峰叠嶂，家乡，竟然那么美。（萧殷 摄）

1958年，龙川佗城东江河及南门码头（萧殷　摄）

1958年，龙川佗城狮子寨（萧殷 摄）

1962年夏,佗城中学操场。照片中的两个孩子为萧殷的儿子葵葵与荃荃(萧殷 摄)

萧殷对母校佗城中学怀有深情,曾在1956年积极参加佗城中学的建设,除了为学校设计校门、题写校名,还积极帮助规划校园,种花种树,并专门从广州带来一棵鹰爪树种在校园。

1962年,萧殷的老同学罗海清与葵葵、荃荃在池塘边(萧殷 摄)

1962年7月,萧殷第一次带两个儿子回到家乡龙川佗城。

最清,家乡的水;最美,家乡的云;最亲,家乡的人。

萧殷的母校佗城小学，即佗城学宫（萧殷 摄）

佗城学宫，位于佗城镇小东门，现存的孔庙建于清顺治七年（1650），是历朝祭孔的庙宇和管理儒学的机关，占地面积7287平方米，建筑规模极为宏伟。

清末民初，庙宇曾一度被县行政机关占用，后划给县立第一高级小学做校舍。大成殿、明伦堂、尊经阁尚存，被列为县重点文物保护单位。

佗城学宫在时间的长河里渐渐流逝，照片中学宫残破不堪的模样已经不复存在。经过保护修缮，学宫的新面貌已出现眼前。

家乡，永远是萧殷魂牵梦绕的"圣地"，是萧殷一生最惦记的"远方"。

1952年7月28日，北戴河的海面

第八章

DI BA ZHANG

空静与回归——南北影像

萧殷一生，酷爱艺术，无论绘画、书法、音乐、摄影……这是萧殷心中神圣的净土，灵魂的栖息地；热爱美，采撷美、创造美，欣赏美，是萧殷与生俱来的生命旋律。

但是在繁忙与喧闹过后，萧殷更向往静美的境界。看他拍摄的这组南北影像，有北京颐和园的亭台楼阁，有旅途中的浩瀚大海，有广州越秀山的五羊塑像……光影之下，海疆辽阔，天地氤氲，山河秀美。听光与影的喁喁细语，看天与地的浑然衔接，叹动与静的美妙和谐，感受拍摄者深沉的热爱。

此时，萧殷最喜爱的贝多芬《F大调第六交响曲"田园"》响起了，在对自然山野深深的依恋中，在对跌宕人生渐渐的淡化里，一切，都在归于平静……生命倒数的时日里，萧殷骨瘦如柴、气若游丝，他心中的美，也渐渐褪去斑斓喧闹的色彩而凝聚成——空净，却依然不失宏伟。

让我们再看看萧殷拍摄的北京家中的海棠花和广州家中的昙花……

海棠依旧昙花在，只留清气洒人间。

（以下历史照片，是由六年前在萧殷遗物中发现的一盒底片印制出来的）

1950年，上海外滩（萧殷　摄）

　　1937年1月，为了躲避国民党反动派的抓捕，萧殷从广州逃亡到上海，在上海过着颠沛流离的生活。他曾又累又饿坐在外滩的石凳上，望着滚滚的黄浦江水，为生活与前景发呆；他也曾在外滩目睹过失业的工人投江自尽，倍感痛心……

　　十三年后，萧殷再次来到上海，来到黄浦江边，他才发现，上海，好美。

1953年夏,在北京颐和园昆明湖东岸仰望万寿山排云殿(萧殷 摄)

从1949年到1953年的四年里,萧殷为《文艺报》《文艺建设丛书》《人民文学》的编辑工作呕心沥血,同时兼任北京大学中文系和中央美术学院的校外辅导老师。在这段时间里,萧殷还参加了全国第一次文代会筹备工作,参加了文化部艺术局在京津地区召开的文艺报刊编辑座谈会,随"和平宣传团"赴南方六个城市做和平宣讲,参加文艺整风运动,参加北京市工商业的"五反"运动……紧张繁忙的工作,令萧殷神经官能症发作,痛苦不堪。1953年5月,萧殷被安排到颐和园云松巢全国文协疗养处休养。其间留下多张照片。

1953年夏，在北京颐和园万寿山远眺昆明湖十七孔桥（萧殷 摄）

十七孔桥，是古代桥梁建筑的杰作，建于清朝乾隆时期，长150米，连接昆明湖东岸与南湖岛，由17个桥洞组成，每个桥栏的望柱都雕有神态各异的石狮子，共544只。

1953年夏，北京颐和园，远处是西堤六桥之一的镜桥（萧殷 摄）

在北京颐和园昆明湖西堤，有仿杭州西湖苏堤而建的六座桥，从北向南依次排列，有界湖桥、豳风桥、玉带桥、镜桥、练桥、柳桥，六座桥亭式样各异，风味浓郁。

镜桥，始建于乾隆年间，光绪时重建。桥名出自唐代诗人李白诗句"两水夹明镜，双桥落彩虹"。

1953年夏，北京颐和园西堤六桥之一的豳风桥（萧殷 摄）

　　豳风桥是颐和园昆明湖西堤上的第二座桥梁，是一座呈长方形、重檐、四坡顶的屋桥。

1953年夏,八方亭。图右方可见十七孔桥桥面(萧殷 摄)

　　八方亭位于颐和园新建宫门以南的东堤上,始建于乾隆十七年(1752),光绪时重修。与十七孔桥交相辉映,是中国古建筑中最大的亭式建筑。

1953年8月27日,在北京颐和园昆明湖边,女儿萌萌凭栏遥望十七孔桥(萧殷 摄)

1954年8月，北京颐和园昆明湖畔（萧殷 摄）

从全国文协疗养所云松巢大门出来，走下十几级台阶，不远处就是世界最长的彩绘画廊——颐和园长廊，穿过画廊，就是前面这番景象了。编辑、教学、写作之余，萧殷远离紫陌红尘，抛开繁重公务，以别出心裁的布局、精美绝伦的摄影构图，令疲惫的身心回归自然，得以休整。

1954年8月,在北京颐和园知春亭远望万寿山排云殿(萧殷 摄)

知春亭位于颐和园昆明湖东岸边,凭栏可纵览全园景色。

1954年10月2日，从北京颐和园万寿山的"湖山真意"北望女儿萌萌所在的六一幼儿院（萧殷 摄）

北京六一幼儿院，位于玉泉山下，前身是1945年创办的延安第二保育院。从颐和园后门出去，往西直走，很快就来到这所幼儿院。

1954年10月，北京颐和园排云殿（萧殷 摄）

排云殿建筑群，始建于清乾隆时期，改建于清光绪十三年（1887），是清末慈禧太后举行万寿庆典的受贺之所。

1953年底,萧殷从广州石榴岗海军基地乘军舰出发,前往珠江口外的万山群岛。行驶间的军舰乘风破浪,颠簸在南海海域的汪洋中(萧殷 摄)

1953年底,万山群岛海军基地在望,天空中海鸥在盘旋(萧殷 摄)

万山群岛,是珠江口以南100多个岛屿的统称。

1949年国民党败退后,却仍以海军控制万山群岛。1950年4月,国民党调派登陆舰和炮艇驻防万山群岛,设司令部在垃圾尾岛,并于5月25日发起海战。海战中,我军"桂山号"登陆舰中弹着火搁浅,乘搭该舰的131师百名官兵不幸全部牺牲。

1953年,萧殷专程到垃圾尾岛向海军官兵拜谒致敬。

1954年,为纪念"桂山号"登陆舰全体官兵,广东省人民政府将垃圾尾岛改名桂山岛。

1953年底,在南海的珠江口,远眺万山群岛。海面风起云涌,云飞泪,风呼唤,不忘三年前海战牺牲的解放军战士(萧殷 摄)

1953年底，珠江口万山群岛波涛翻滚的海域

1953年12月至1954年1月，萧殷在珠江口的万山群岛住了近两个月，身体得到了康复，而且拍摄了不少照片，同时构思了小说《伤疤》。

1955年，北京天坛公园祈年殿。左起：萧殷的侄女郑秀婵、大哥郑文华、同乡刘成锦（萧殷 摄）

这一年，萧殷的哥哥到北京看望当兵的女儿，萧殷带他们游览天坛。

1956年11月,龙门石窟佛像(萧殷 摄)

1956年11月,萧殷在河南洛阳参观龙门石窟并拍照。回京后,萧殷写下三千多字的散文《龙门印象》,文章和照片发表在1957年第2期的《旅行家》杂志上。

萧殷的散文《龙门印象》,被作为散文典范收入中学语文教材。

1956年11月，龙门石窟佛像之二（萧殷 摄）

1956年11月,在洛阳龙门白居易墓(萧殷 摄)

唐朝大诗人白居易的墓,位于洛阳香山寺北侧的琵琶峰上。这里,是凭吊千古诗人最好的地方。

1956年11月,萧殷到洛阳专门探访白居易墓并拍摄了照片。这张照片后来随萧殷的散文《龙门印象》发表在1957年第2期的《旅行家》杂志上。文章末尾,是萧殷面对白居易墓抒发的感想:"诗人,静静地睡吧,你曾经诅咒过的'食人肉'的社会,已经被你的子孙消灭了!你看,在柏树林的隙缝里,你难道没有看见远远的红旗在飘展么?西风,你别吵吧!让我们的诗人听听他的子孙怎样歌唱他们的幸福吧!"

1959年4月,在北京天坛公园,照片中模糊的身影,是萧殷的三个孩子(萧殷 摄)

1978年,广州越秀山上的五羊雕塑(萧殷 摄)

广州越秀公园木壳岗上的五羊石雕建于1959年,由130多块花岗岩雕刻组成,高11米,体积53立方米。石像中大山羊口衔"一茎六出"谷穗,雄浑有力的羊角伸向苍穹,四只形态各异的小山羊簇拥着大山羊。

传说周朝时期广州连年灾荒,民不聊生。一天,五位仙人骑着口衔稻穗的仙羊降临广州,以优良的稻穗相赠,从此广州稻穗飘香。后来广州被称为"穗城""羊城"。

1978年，广州中山纪念堂（萧殷 摄）

中山纪念堂位于广州市东风中路，落成于1931年，是广州人民和海外华侨为纪念孙中山先生而集资兴建的会堂式建筑，是迄今为止全球最大的孙中山先生纪念堂。

1980年夏天,广州梅花村35号家中阳台上昙花盛开(萧殷 摄)

  这株昙花,萧殷亲手种植在阳台的一个废弃浴缸里。每天傍晚,萧殷按时浇水,甚至常常倒上喝剩的茶与心爱的昙花分享。这株昙花果然不辜负主人心愿,长得枝繁叶茂。1980年夏天的一个夜晚,这株昙花竟然绽放出68朵鲜花。那一晚,从花朵渐渐绽放到逐渐凋谢,萧殷一直守在花旁……1983年夏天,萧殷走了,他的生命就定格在68岁。
  也许,美丽只向最疼爱自己的主人展示。萧殷去世后,这株昙花不再绽放。

北京赵堂子胡同8号院中海棠花盛开(萧殷 摄)

海棠依旧昙花在,只留清气洒人间。

1955年5月,故乡龙川佗城竹园里的山稔花盛开。
(萧殷 摄)

编后语

BIAN HOU YU

　　本卷《影存集萃》是我们从萧殷保存的4000多张相片、底片中精选后汇编而成，由于时间久远，部分照片的拍摄者已无法考证。在那个非数码时代，这份跨越半个世纪的视觉档案弥足珍贵。让我们从照片的光影、色调、构图、节律中，感受摄影者身心灵的陶醉与热爱，体悟摄影艺术的深远意境。

　　因为工作繁忙，萧殷无暇在心爱的摄影艺术天地徜徉，但意想不到的是，多年来随意拍下的部分照片竟被无意间保留，又被偶然发现，集腋成裘，制作出来竟如是洋洋大观。

　　萧殷拍摄的位于其家乡的建于唐朝的正相塔、河南省洛阳市香山琵琶峰的白居易墓以及龙门石窟等照片，都刊登在《旅行家》杂志上。如今，《旅行家》已不复存在，旅行家的足迹也烟消尘散。

　　就请留不住的印象随风而去，也让忘不掉的画面常在心间。